王春林 著

当代小说

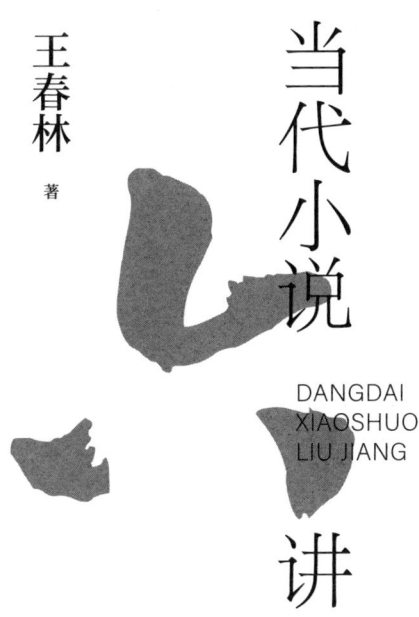

DANGDAI
XIAOSHUO
LIU JIANG

讲

山西出版传媒集团 北岳文艺出版社
·太原·

图书在版编目（CIP）数据

当代小说六讲 / 王春林著. -- 太原：北岳文艺出版社, 2025. 4. -- ISBN 978-7-5378-7078-8

Ⅰ. I207.42-53

中国国家版本馆CIP数据核字第2025PZ3006号

当代小说六讲

王春林 / 著

出品人
董利斌

选题策划
刘文飞

责任编辑
左树涛

助理编辑
武慧晶

书籍设计
张永文

印装监制
郭勇

出版发行：山西出版传媒集团·北岳文艺出版社
地址：山西省太原市并州南路57号　邮编：030012
电话：0351-5628696（发行部）　0351-5628688（总编室）
传真：0351-5628680
经销商：新华书店
印刷装订：山西人民印刷有限责任公司

成品尺寸：130 mm×200 mm
字数：111千
印张：6.25
版次：2025年4月第1版
印次：2025年4月山西第1次印刷
书号：ISBN 978-7-5378-7078-8
定价：69.80元

本书版权为本社独家所有，未经本社同意不得转载、摘编或复制

目 录

第一章　日常叙事、奇诡想象与社会现实透视　/ ○○一

第二章　现实凝视、理想聚焦与生态书写　/ ○三三

第三章　物理人情、青春回望与现代性书写　/ ○六五

第四章　劳模叙事、情感书写与权力批判　/ ○九九

第五章　侨乡文化、病痛书写与生存苦境　/ 一三一

第六章　现实审思、科学叙事与精神暗伤　/ 一六三

第一章 日常叙事、奇诡想象与社会现实透视

尽管长篇小说《野望》采用了与《陌上》迥然有别的以翠台为视点人物的焦点透视方式，但有一点却是与《陌上》一脉相承的。这就是，付秀莹所聚焦表现的，依然是芳村的那些不起眼的日常琐事与杯水风波。正如同曾经的《陌上》一样，《野望》也可以被看作是一部几近于"无事"的长篇小说。当然，所谓的"无事"也只是相对而言的，大凡有人群聚集的地方，就一定会有事情发生。一定要说事情，细细想一下，《野望》中能够称得上事件的，大约也不过几件：一个是根莲的丈夫有子虽然没有什么钱但却曾经一度沉迷于赌博，竟然欠下别人十万元巨款，受到这一事件的影响，他年迈的母亲竟然在气急的情况下一命归西；再一个是，增志因为上当受骗，企业经营一时陷入困顿的状态之中，甚至还严重影响到他和素台之间的夫妻关系；

还有就是，儿媳妇爱莉由于和儿子大坡发生了尖锐的矛盾冲突，一气之下回到娘家，三番五次上门都"请"不回来，而且还屋漏偏逢连夜雨，根来辛辛苦苦养育的那些猪因为遭遇猪瘟，一下子就死了很多头。除此之外，《野望》中实在难以再寻觅出够得上"事件"的事件。遍布于全篇的，不过是视点人物翠台眼中所看出的芳村的那些鸡零狗碎式的家长里短。但也正是在这些家长里短的呈现过程中，人性的曲折幽微得到了充分的体现，并且看似不动声色地刻画塑造出了若干鲜活灵动的乡村人物形象。比如，广聚家嫁闺女办事，翠台赶去帮忙，边干活边和广聚媳妇、小令她们聊天："翠台说姐姐大喜呀，还不守着亲闺女多待会儿去？广聚媳妇说，早烦她烦得不行啦，一天到晚老气着我，赶紧打发出这个门子去，好叫我清静清静。旁边小令过来说，嫂子，你这是嘴上不说那心里话。赶明儿真走了，千里万里，想人家想病了，看你还嘴硬。广聚媳妇就笑。翠台说，养闺女就是这一样不好，好容易养大了，就该飞了，不像小子娶媳妇，添人进口，叫人喜欢。见小令朝着她又是挤眼睛，又是努嘴，正疑惑呢，回头一看，见粉红在后头立着，脸上不是颜色。翠台知道说错了话，想着往回拾，却来不及了，只好讪笑着，问粉红吃了呀不，这件绿袄颜色真好，在哪里买的呀。粉红说，在城里买的。谁叫我没本事呢，生了俩闺女，也用不着盖房子娶媳妇给人家低三下四磕头作揖，我不吃不穿给谁省着呀。翠台知道这是得罪了人家，这粉红一辈子没小子，在这个上头就容易多心，想赔个不是，心里头又气她笑话自家大坡的事儿。小令忙过来拉着粉红打岔，看她的袄，看她的鞋，问东问西。翠台趁机扭头去了东屋。"人都说三个女人一台戏，这芳村的四个女人聚在一起，上演的就更是一出看似不动声色实则暗潮涌动的大戏。先是广聚媳妇貌似自贬实则自夸的那样一种表达。对自己家的闺女，明明十分欢喜，却偏偏要做出一副恨不得早点把她打发出门的姿态来。对她的这点小心思，口齿伶俐的小令，给出的自是一种毫不留情的揭穿。正是她们俩的对话，引出了翠台那一番关于养闺女和养小子之间差异的人生感慨。没想到的是，诚所谓隔墙有耳，这边厢翠台无意间的一种人生感慨，却引起了立在旁边的粉红满肚子的不高兴。粉红无法释解的一大心病，就是只有两个女儿，而没能生下儿子。翠台的人生感慨，所无意间触动的，正是粉红内在的精神情结。正因为如此，她才会在一时恼怒的情况下，不管不顾地迅即回击翠台。"谁叫我没本事呢，生了俩闺女，也用不着盖房子娶媳妇给人家低三下四磕头作揖"这一句话，在无奈坦承自己没有生下儿子这一事实的前提下，更是把矛头直端端地指向了正在因为儿媳妇爱梨回娘家一去不返而百般苦恼的翠台。面对粉红如此一番夹枪带棒的唇枪舌剑，原本想着因为自己说错话而给粉红道歉的翠台，最终决定就这么漠然处之："想赔个不是，心里头又气她笑话自家大坡的事儿。"到最后出面打了圆场的，还是那位置身事外的小令。仅仅借助于四个女人之间的日常闲话，便如此这般充分地写出那些真正称得上是曲里拐弯的乡村心事，所凸显出的，既是付秀莹对乡村女性的熟悉和了解，又是她一种突出的艺术表达能力。

因为《野望》是《陌上》的姊妹篇，所以，其中的一些人物和故事很显然上承《陌上》而来，比如建信媳妇的故事。原来的建信，身为芳村的一把手，在村里真正有着可谓是一言九鼎的权威。他的权威，突出地体现在建信媳妇娘家侄子办婚事时的大操大办上。尽管说建信媳妇的娘家侄子，也不过是芳村的一位平头百姓，但他的婚事，却惊动了芳村差不多大半个村子的人。究其根本，还是因为建信的一把手身份作祟。然而，正所谓"三十年河东，三十年河西"，或者说"落架的凤凰不如鸡"，到了《野望》中，建信已经风光不再："自从建信把腿摔了，又下了台，整个人就像连根拔的庄稼，渐渐蔫了。成天价在家里钻着，也不大出门见人。"人都说权力是一剂春药，实际的情况还真是如此。这位在芳村曾经一度不可一世的建信，一旦失去了权力，再加上身体的不给力，竟然像换了一个人一样："势没了，人也矬了。偶尔出来，坐着一个电动轮椅，也只在自家门口转一转。后来说是栓住了。芳村人，不说得了脑血栓，只说栓住了。"眼看着整个家伴随着建信的失势就要败掉，这个关键时刻出乎意料地挺身而出支撑了门户的，竟然是以前那个看似一贯养尊处优的建信媳妇："只说是这一家子的光景就这么塌下来了，却不想那建信媳妇看上去柔弱，一个妇女家，却最是刚强，有心劲。早些年，本是肩不能挑手不能提的，如今只凭着她一个人，倒把这个家硬是撑起来了。"举凡家里家外，累活脏活，包括建信那不给力的身体状况在内，任是什么样的生活困难，都难不倒她。看上去，很是有一点"沧海横流，方显英雄本色"的意味："人们倒都对她敬服得不行。这人哪，从低处往高处走，难；从高处往低处走呢，更难。"就这样，虽然花费的笔墨并不多，但一位生性特别刚强的乡村女性形象却已经跃然纸上了。

当然，小说中最值得注意的人物形象，无论如何也只能是那位身兼视点功能的乡村女性翠台。翠台这一女性形象，在《陌上》中曾经与本家嫂子香罗一起被作家以对比的方式进行过相应的描写。"翠台是那样一种女子，清水里开的莲花，好看肯定是好看的，但好看得规矩，好看得老实，好像是单瓣的花朵，清纯可爱，叫人怜惜。"而"香罗呢，却是另外一种了，有着繁复的花瓣，层层叠叠的，你看见了这一层，却还想猜出那一层，好像是，叫人不那么容易猜中。香罗的好看，是没有章法的。这就麻烦了，不说别的，单说香罗的眼神,怎么说呢,香罗的眼神很艳。"所谓"规矩""老实"的单瓣花朵,说明翠台是当下时代一位恪守家庭本位的传统女性,所谓"层层叠叠""没有章法"的繁复花朵,说明香罗是现代性经济社会浪潮的冲击袭扰下的乡村传统伦理的叛逆者。想不到的是,即使是如同翠台这样一位恪守家庭本位的传统女性,到了《野望》中,也会因为自己那剪不断理还乱的家事而陷入难以自拔的困境之中。困境之一,是儿媳妇爱梨因为和儿子大坡闹矛盾跑回娘家,怎么都唤不回来。小说开篇第一章的"小寒"部分,这一难题就已经特别显豁地摆在了翠台面前。因为工作没有着落,"大坡天天在家闲着,花销又大,只出不进。爱梨没好气儿,指鸡骂狗,大坡又不会哄人儿,两口子少不了生闲气儿,三天一小吵,五天一大吵。这一回吵得厉害,大半夜里,爱梨抱着孩子回了田庄,说是要离婚,非离不可"。爱梨抱着孩子回了娘家不要紧,翠台他们家这一下子可就乱了套。眼看着到了农历的年根,首要的一件事情,就是赶紧想方设法去把爱梨"请"回家。然而,因为爱梨的娘家特别难缠,这一看似简单的使命,还就是难以完成。这样一来,不仅小说的前两章都在围绕如何想方设法敦请爱梨回家而展开,而且因为其中的一波三折,遂使得这一部分产生了某种类似于"三打祝家庄"或者"三请诸葛亮"那样的感觉。先是"心神不定熬了两天,翠台就央了喜针、兰月几个妇女去田庄叫了一趟。在芳村,凡是这样的事,都是请院房里的妇女,能说会道,干净利落,上得了台面的,去上门说和,也是恳请的意思",没想到却不行,对方竟然提出了刘家一定得在城里买一套房子的过分要求。既如此,过了几天后,"又托人请了两回,那边还是早先这话。翠台渐渐就把一颗心灰下来"。关键问题是,因为丈夫根来是一个老实本分、遇事没有什么主张的庄稼汉,所以,家里的这一切负担便都落到了翠台身上。眼看着时间的脚步走到了腊月二十三,依照芳村一带的习俗,出了门的闺女是不兴在娘家门上过小年的,所以,等到腊月二十这一天,翠台便打算利用这一习俗的力量,再度打发臭菊和小鸾她们去田庄敦请一次爱梨。没想到,爱梨她妈却依然一口咬定原先的条件不肯松口。万般无奈之下,到了腊月二十二的时候,翠台只好不情不愿地去劳烦本家嫂子香罗了。虽然说由于彼此间疙里疙瘩,翠台一般情况下不愿意轻易劳烦本家嫂子香罗,但这一次,因为兹事体大,她也只好出面央请香罗亲自出马前往田庄。没承想,即使是口齿伶俐的香罗亲自出马,到最后也落了个铩羽而归的败兴结局。虽然爱梨她妈口气有所松动,没有再强调必须在城里买房的苛刻条件,但爱梨却依然没有被叫回芳村。如此一种结局,顿时让翠台陷入特别失望的状态之中。令人称妙处在于,付秀莹在这个时候并没有直接去描写翠台的灰暗心境，而是把自己的笔触一下子宕开去描摹自然风景："翠台看着她的车一溜烟开远了，还在风里怔怔立着。天上黑黢黢的，没有月亮。星星东一颗，西一颗，一闪一闪的。风从野外吹过来，寒冷刺骨，把村庄都吹彻了。路灯还孤单地亮着，跟天上的星星遥遥呼应着。"正所谓"一切景语皆情语"也，付秀莹在这里看似在描摹自然风景，实则每一个字眼都直指翠台此时此刻那灰暗至极的痛苦心境。无论是"黑黢黢"，还是"寒冷刺骨"的夜风，抑或"孤单"的星星与路灯，既是自然风景的写实，同时也更是翠台痛苦心境强有力的映衬与呈示。同样出人意料的一点是，虽然数次登门敦请都没有效果，但正所谓"踏破铁鞋无觅处，得来全不费功夫"，等到腊月二十六的时候，爱梨竟然主动给大坡发微信，要他去接她们娘儿俩回芳村。一场曾经令翠台百般努力都无解的家庭矛盾，就此而得以破解。但不管怎么说，你都不能否认，爱梨的最终回家，肯定与此前三番五次的登门敦请之间存在着不容割裂的内在关联。

困境之二，是一家六口人的生计问题。尽管爱梨回娘家一去不返的问题解决了，但翠台他们一家人的日常生计却依然是一个无法回避的根本问题。翠台一家，包括她与丈夫根来、儿子大坡、儿媳妇爱梨，以及孙女小妮儿，还有远在外地求学的闺女二妞。尽管说二妞可以依靠自己的勤工俭学而养活自己，但剩下的五口人,却依然面临着解决日常用度的问题。只要看一下小说中的两个细节,翠台他们家日常生计的艰难程度,就完全可想而知。一个是大坡和爱梨之间的矛盾:"给大坡打电话,却没有人接。自从上回回来以后,大坡就再没出去,为了这个,他们小两口没少闹别扭,爱梨嫌大坡挣不来钱,动不动就跟他闹。大坡呢,天天抱着个手机,刷朋友圈,打游戏,吃饭睡觉都顾不上。"再一个是翠台和爱梨的一番掏心窝子的对话:"我盘算着,大坡也找活儿去,咱俩呢,一个人领孩子,一个也出去找活儿,你看怎么样?爱梨不说话,只是抽抽搭搭地哭。翠台说,这样,要是你出去上班,我情愿在家领孩子,你放心,我把孩子弄得好好的。你们挣了是你们的。爱梨还是不说话,鼻子一抽一抽的。要是你不愿意出去,你就在家领着孩子,我出去找活儿去。我挣了工资,咱们对半儿分。爱梨还是不说话,撕了一块卫生纸擦眼泪。翠台说,我挣了工资不能全给你们,你们也清楚,我外头还有账哩,你们过事儿时候借的,这都好几年了。还有,二妞还念着书哩,供个学生,也得花钱。爱梨不哭了,把那团卫生纸揉来揉去,揉成一个小球,拆开,又揉。"毫无疑问,无论是大坡和爱梨他们夫妻俩之间的矛盾,还是翠台的一番苦口婆心,从根本上说,全都是因为家里的经济状况不理想。正所谓"不当家不知柴米贵",一方面是一家人全都靠着根来一个人养的那些猪来过活；另一方面再加上当年大坡结婚所落下的亏欠，如此一种境况下，身为当家人的翠台，其压力，自然可想而知。

困境之三，是前面刚刚已经提及的外债欠款。想当年，为了筹办大坡的婚事，翠台和根来曾经向亲戚朋友借钱。其中的两个"大债主"，一个是本家嫂子香罗，另一个则是翠台的亲妹子素台。香罗这边的情形，小说文本着墨不多。相比较来说，有关素台的文字更为丰富充分。一是翠台和根来夫妻俩的一段夜话："那天听老牛说，增志碰上了点儿事。翠台说，是不是？根来说，说是增志的厂子，叫人家坑了一笔钱。工资还欠着工人们不少呢。"由妹夫增志厂子所遭遇的困难，翠台和根来他们俩马上就联想到了自家的欠款："根来说，更何况，咱们还借着他们钱呢，就是大坡过事儿那年。翠台不说话。根来说，哎，你怎么了？翠台说，想事儿哩。翠台说咱们那账，也有好几年了。他们要是真出了事儿，咱们也不好装傻呀。根来不说话。翠台说，可咱拿啥还他们哪。"正所谓"一文钱难倒英雄汉"，翠台和根来他们夫妻俩之所以夜半犯愁，正因为他们欠素台的钱既不在少数，而且也已经时日相对久远。与这一细节紧密相关的，则是素台当着姐姐翠台的面对婆婆的那一番抱怨与哭诉："开了厂子，当起了老板，一大家子倒都看见他增志了，早些年都干嘛去了。咱这院房又大，人又多，杂七杂八的事儿，哪里少得了增志？借钱找增志，使车找增志，遇上点儿事儿就都想起增志了。可眼下，厂子遭了难处，有谁过来问一句？躲还来不及哩。"无论如何，素台这一番充满怨气的话语中所道出的，正是那种人情冷暖与世态炎凉彼此交织的残酷现实。尽管翠台和素台是嫡亲的姐妹，然而，一旦涉及经济来往，即使是如此一种真挚的姐妹亲情也会受到严重的威胁和伤害，更遑论其他。各位不妨设身处地地想一想，处于如此一种生活艰难境况中的翠台他们一家，被迫面对着赖以养家糊口的那些猪因猪瘟而一下子全部死光的悲催现实的时候，那种欲哭无泪的心情实在是无可避免。

综上所述，虽然我们也仅是抓住其中若干的人和事展开分析，但《野望》所具备的那种日常叙事诗学特征却依然是昭然若揭了。

一个优秀的小说家，应该同时具备多方面的能力，比如，对社会现实的洞察力、对日常生活的观察力、天马行空一般的艺术想象力、精准到位的语言表达力、艺术结构的营造与把控力、对人性的挖掘能力等等，不一而足。当然，在很多时候，现实中的小说家所具备的极有可能是其中的某一或者某几方面。倘能同时具备以上种种，大约就足可以称为优秀者。着眼于当下时代文坛堪忧的现实状况，如果在其中的或一方面表现突出，其实也都非常不容易了。之所以会无端地发出这样一段议论，主要因为笔者刚刚拜读完的陈继明长篇小说《0.25秒的静止》，就是一部以非同寻常的奇崛艺术想象力和对人性的深入思索为特别引人注目的文学文本。说实在话，当下时代的小说创作，或者也不只是小说创作，一个明显的弊端，就是同质化现象的日益严重。一方面，固然是很多作家的作品都会给人以千人一面的感觉；另一方面，则是某一作家个人的创作也多少会显露出某种自我复制的倾向。如此一种不理想境况之下，如同陈继明这样一种总是酝酿着实现自我突破的作家的存在，就绝对应该赢得我们充分的尊重。更早的且不说，单只是最近若干年来的长篇小说创作，从《七步镇》到《平安批》，再到这部《0.25秒的静止》，无论是题材的选择，抑或是写作的艺术路数，端的是一部一个模样，其非同寻常创造力的存在，乃是无可置疑的一种客观事实。

关键在于，一部长篇小说，为什么要被命名为"0.25秒的静止"呢？面对陈继明的这部长篇小说，我首先的疑惑，便来自这个看似不一般的小说标题。只有在先后两次认真地从陈继明所营造的艺术世界中走出之后，我才彻底搞明白，这一次，陈继明竟然破天荒地"玩"了一次科幻小说，过了一把科幻小说的瘾。但在展开具体的分析之前，首先需要辨析的一点是，或许与只存在科幻小说而不存在科幻诗歌、科幻戏剧或者科幻非虚构文学这一客观事实有关，所谓科幻小说，其实也完全可以被置换为科幻文学。尽管文学不能够等同于小说，但科幻文学却可以等同于科幻小说。我们注意到，作为类型文学之一种的科幻文学或者说科幻小说，更进一步地，还可以被切割为所谓的"硬科幻"与"软科幻"两种不同的类型。按照"百度知道"的说法，"硬科幻以物理学、化学、生物学、天文学、心理学、医学等'硬科学'为基础，以严格技术推演和发展道路预测进行故事。"而"相对于硬科幻，软科幻作品中科学技术和物理定律的重要性被降低了，它所涉及的题材往往被归类于软科学或人文学科"。以上区别，用简洁的话语来表述，就是"硬科幻"更重"科幻"也即科学性，而"软科幻"的内核却是"文学"也即人文性。如果用这样的标准来衡量，那么，陈继明的这部作品肯定属于后者而不是前者。也因此，即使已经写出了如同《0.25秒的静止》这样带有突出科幻因素的科幻小说作品，我也坚持不会把陈继明看作是一位科幻作家。又或者，带有突出科幻小说色彩的《0.25秒的静止》，究其根本也不过是一部披上了科幻外衣的严肃小说而已。借助于"科幻小说"这一艺术手段，除了对人类生存的某种忧思之外，陈继明的用力之处，其实更在于将相关人物置入一种人类即将面临毁灭的末日处境之中，以对他们身上所体现出的各种人性样态作深入细致的呈示、打量与思索。

某种意义上，虽然出现了诸多的人物，但《0.25秒的静止》却可以说是一部没有主人公的长篇小说。

具体来说，由于整部小说不仅集中围绕安南、马伦、苏唯唯、凌千里、关广文、梅云、小芒他们七个人物展开叙事，而且还把这七个人在那一年的3月3日到13日（需要特别指出的一点是，尽管小说最后六个章节的故事发生在以3月13日为基准的三个月之后，但这部分很显然已经不属于小说的主体部分，因为带有某种突出的补充叙事性质。就此而言，小说的主体故事发生的时间前后加起来一共是十一天）的人生行迹当成了小说的基本结构手段。全书一共四十三个章节，每一章节的小说叙事都聚焦于其中的某一个人物，其中，马伦、苏唯唯、凌千里、关广文、梅云他们五位分别被聚焦七次，另外的安南和小芒则分别被聚焦四次。正是这七位人物人生行迹的彼此交叉叙述，从根本上形成了这部长篇小说的艺术结构。尽管说被聚焦七次的马伦他们五位，较之于只是被聚焦四次的安南他们两位，文本中的位置肯定更重要一些，但他们五位或者说其中的某一位，却也并不能因此而被看作是小说的主人公。正是在这个程度上，我才把这部具有突出科幻想象色彩的作品，看作是一部没有主人公的长篇小说。更进一步说，如果一定要找出其中的主人公来，那么，我们也不妨可以把那颗意外现身并不管不顾地冲向地球的黑矮星，或者把引发了整体故事情节的黑矮星事件，打破常规地理解为小说的主人公形象。因为从根本上说，整部小说的叙事全都肇端于所谓的黑矮星事件。从小说写作的角度来说，陈继明所有的艺术构想全都依托于这一作为基石的黑矮星事件，方才能够最终演变为伸手可触的文本现实。

按照天文学的相关理论，所谓黑矮星是一种死亡之后的恒星。最大的恒星死亡后会变成黑洞，最小的恒星死亡后会变成中子星，而如同太阳这么大的中等体积的恒星，在死亡后则会变成黑矮星。"黑矮星是一颗坚硬的黑色晶体，不发射任何已知电波，既不发光，也不反光，没人能亲眼看见它，再先进的望远镜也看不见。宇宙间飘荡着为数甚多的黑矮星，它们不属于任何星系，没有稳定的运行轨迹，完全像无家可归的流浪汉，流落到哪儿算哪儿。"如果说以上这些均属天文学常识的话，那么，陈继明那非同寻常的艺术想象就毫无疑问是建立在这些天文学常识之上的。这就是，假若黑矮星这样一个拥有庞大体积的宇宙流浪汉，突然之间不管不顾地直向着地球撞击而来，那地球，以及地球人的命运又将如何呢？在陈继明的艺术想象中，黑矮星异常现象的最早发现者，是那位民间的天文学家马伦。早年间的马伦，因为特别热衷于研究天文学而被周围的人看作思维不正常的神经病，具体的标志性事件有二。一个是身为高中生的马伦，就自作主张亲手研制了一台专门用来监测太阳系各大星体角动量变化的角动量监测仪；另一个则是早年间在一所中学担任数学教师的时候，他曾经携带着自己撰写的一篇题为《论宇宙的结构和形状》的论文前往京城寻找一个名叫金若愚的天体物理学家交流，试图证明整个宇宙的形状像一个大大的贵妃梨，结果被驳得体无完肤、败兴而归。关键的问题是，虽然曾经因为热衷于天文学而迭遭误解，甚至被看作神经病，但马伦却始终"回也不改其乐"。万般无奈之下，身为房地产商的哥哥马雷只好出资给这个"不务正业"的弟弟买下了小重山，建了一座"麻雀虽小，五脏俱全"的小型天文台，购齐了全世界一流的观测器材，以满足"真的只对宇宙、星空和数字感兴趣"的马伦强烈的天文学兴趣。正是在这座建立在小重山上的小型天文台，马伦敏锐地发现了太阳系里的异常情况，精准预测到有一颗黑矮星正在以标准抛物线的轨道运行："黑矮星大概在一个抛物线轨道上以每秒200千米的速度运行，七天时间将飞跃1·21亿千米（0.81个天文单位）；另一侧，地球以每秒30千米的速度在自己的椭圆轨道上运行，相同时间将飞越1800千米（0.12个天文单位）。不出意外，算上今天，七天后，两颗本该老死不相往来的星体将有一次致命的相遇，凶多吉少！"在预测到黑矮星将会在七天后撞击地球的情况之后，马伦在第一时间把相关情况通报给了自己的五位好友安南、苏唯唯、凌千里、关广文、梅云，以及随同梅云一起来到小重山的外甥女小芒。一方面，马伦曾经特别强调为了避免引起社会恐慌，黑矮星的秘密最多只能是包括自己在内的七个人知道；而在另一方面，恰好也是他们七个人的行迹因为被聚焦而成为小说的基本结构线索。

由这颗黑矮星的日渐趋近并终将撞击地球所进一步引发的，是其他一系列不正常的自然和社会现象。比如，从3月1日起，安南教授发现，每一天的日出时间都要比前一天提前50秒左右。比如，由于电磁波被黑矮星吸收，不仅全球范围停电，而且所有由程序控制的机器和设备全都处于失灵状态，只剩下一些老式的机械设备还可以用。比如，因为四处失火，烧伤病人明显增加："烧伤的类型只有一种：火烧伤。创面的特征十分相似：干干净净，没有残余物质，伤口或苍白或焦黄，多数呈焦糊状，有些已经炭化。"但令人称奇处在于，所有的病人都显得非常安静，"疼痛的样子和受伤的程度远不匹配"。更有甚者，已经被宣布死亡的人，竟然也会如同时光倒流一般地重新复活（这一方面的一个典型例证，就是那位曾经一度死而复生的梅云的闺蜜黄靓靓）。对此，医生给出的解释是因为内源性止痛药发挥作用："内源性，这可能更是一个心理学问题，大范围创伤、群体性创伤，比如车祸、地震、海啸、火山爆发，伤员数量越大，越是群体性事件，个体的痛感就越低。这种情况下，身体自己会释放一种止痛药——内源性止痛药。"比如，地球引力的明显下降，不仅人一下子变得身轻如燕，而且连同鱼、猫、蛇等动物也都处于失重的状态，"蛇也会飞，从一棵树飞到另一棵树上"。比如，凌千里甚至能够往返穿梭于四维世界之中，不断地看到自己的前世今生。比如，空气特性的变化："空气里肉滋滋的感觉没了，空气空了，空气真的空了，电磁波带走了空气里原本活跃的大部分内容：以兆为单位的信息，1024进制的流量。空气里不再有源源不断的给予和接收，不再有服务和缓冲，不再有战争恐吓、股票分析、宗教狂热分子的誓言、欧冠赛况、NBA球星的绯闻、弃核谈判……这样的空气就像是生病的空气，没有实质、没有活力、没有韵味，只有土的味道、血的味道、烟的味道，很令人恶心。"再比如，赤身裸体女性的大量增加，"奇怪的是，裸女们似乎没意识到自己没穿衣服，显得自然而然，既不羞耻也不骄傲。看见的人并不觉得多么吃惊，其实人人都有赤身裸体的真切冲动"。以上林林总总的各种异象，用民间天文学家马伦带有总结性的话语来说，就是："一颗看不见的星体正在向地球飞过来，事实已经验证了我的推断，停电、移动通信中断、导航失灵、日长缩短、地球引力下降，都是同一个原因。"一方面，我们固然并不否认其中科学性因素的具备，但与此同时，在另一方面，从小说写作的角度来说，我们却也不妨把以上种种都看作是作家陈继明一种非同寻常的艺术想象。因为这一切异象全都是拜那颗突然现身的黑矮星所赐，我们才愿意直截了当地把这一事件命名为"黑矮星事件"。然而，饶有趣味的一点是，即使是陈继明如此一种看似天马行空的科幻想象，所受到的那种不自觉层面上的现实生活的制约和束缚也是显而易见的。这一方面的一个突出标志，就是所谓国家模式的存在。故事的主要发生地宛城这座漂亮的海滨城市，不仅毫无疑问属于中国，而且也还仍然有如同公安局这样的行政建制存在（更有甚者，关广文的社会身份干脆被设定为宛城市公安局的副局长）。与此同时，由于叙事过程中曾经屡次提及过诸如美国、法国这样的国家名称，所以不同国别的存在，也是无可置疑的一种客观事实。

从疫情初发的2020年算起，可恶的新冠病毒已经在人间肆虐了整整三年时间，其巨大的阴影至今都不肯散去。无论从什么样的角度切入，新冠疫情对现实社会、世道人心、世界格局乃至人类存在所产生的深刻而久远的影响，都不容低估。也因此，从政治、经济、思想、文化，乃至于文学等各种视角对新冠疫情及其深远影响展开思考与研究，毫无疑问已经成为一个不容忽视的重要命题。面对这一重要命题，一向被视为拥有最敏感触觉的作家到底会交出怎样的答卷，自然也就引起我们的高度注意。一个不可否认的事实是，几年来，的确已经有不少作家触及过这一命题。但令人遗憾之处在于，大多属于水过地皮湿的浮躁应景之作。与这些不够成熟的作品相比较，东西的《飞来飞去》，当然就应该被看作是颇为少见的思想艺术品质上乘的短篇佳作。

小说之所以被命名为《飞来飞去》，主要是因为主人公姚简虽然出生并成长于中国，但后来却不仅到美国留学，而且毕业后还留在美国工作生活，娶妻生子，干脆把自己的根扎在异国他乡。姚简工作生活在太平洋彼岸的美国，母亲却留在国内，这样一来，乘坐国际航班在两个国家之间飞来飞去，自然也就成为姚简的一种生存常态。请一定不能忽视，在一个曾经一度全球化的时代，如同姚简这样因为移民而不断地飞来飞去的人其实并不在少数。东西书写的意义，很大程度上也正建立在如此一个庞大的群体上。然而，多少有点出人意料的是，由于疫情，因母亲病重而急于返国探望的姚简却突然发现，曾经视为一种常态化存在的飞来飞去，却已经不再可能。几经辗转周折后，姚简好不容易才搞到了一套高价票："又过了十天，他买到了一套高价票，该票先由纽约飞伦敦，再从伦敦转机飞上海，然后从上海转机飞N市。"就这样，在经过了如此一番折腾之后，姚简终于如愿以偿地飞回到了躺在医院病床上的母亲身边。

《飞来飞去》令我印象极为深刻的一点，是东西那言简而意丰的叙事技巧。最突出的，是叙述姚简这次好不容易回国后见到病床上的母亲时那些来自过去的纷繁复杂的声音："真安静，现实中的声音都消失了或者说被他屏蔽了，过去的声音争先恐后：'别哭，爬起来。''加油，你会考上的。''留学？那是妈妈梦寐以求的事。''但是，你吃得惯西餐吗？''虽然我不适应洛莉，但只要你喜欢就行。''姚旺长多高啦？''你爸走了，就剩下我了。''美国，我去那地方干什么？人生地不熟的，除了给你们添累，弄不好还给你们添堵。''妈理解，你只要一年回来看我一次就行。''不寂寞，妈有妈的生活。'"借助这些全都被放置在引号里的母亲的话语，东西极其简洁地把姚简数十年的生活历程，从当年的考试到出国留学，到和洛莉结婚，到儿子姚旺的出生，到父亲的去世，到母亲不愿意去美国坚持单身一人留在国内，到他的每年一次回国探望，所有这些全都清晰如画地呈现在了读者面前。虽然不足二百字，但东西却极其精巧地把数十年的时间都悉数成功地纳入其中，其艺术智慧无论如何都不能不令人叹服。

相比较而言，这篇小说最值得肯定的地方，还是东西借助于看似简单的一个飞来飞去的故事，尖锐犀利地揭示了疫情背景下所谓后全球化时代处于严重撕裂状态中的现实与人心。首先，是身为护工的姚久久。自己没能尽到照顾奶奶的责任不说，关键问题是她对美国的那种无端指责："'看看你们感染新冠病毒的人数，就知道奶奶没跟你去多幸运。'他震了一下,没想到她从这个角度思考问题,更没想到她把他划为'你们'而不是'我们'。"别的且不说,单只是"你们"和"我们"的这种划分,所触及的,就已经是一种处于被撕裂状态中的严酷现实。同样出自姚久久之口的,还有:"你不了解实际情况就不要满世界指手画脚。要说撒谎,你们美国人撒得更厉害,你们说伊拉克有化学武器,结果找到的却是洗衣粉。"面对姚久久的那蛮横无理的咄咄逼人气势,姚简顿时陷入一种无言以对的状况之中:"他想,当一个护工不看护理手册却天天刷短视频的时候,你就不容易反驳她了。他很想说美国是美国,他是他,但显然她不会同意他的这种切割,在她的意识里他早就等于美国了。"

其次,是昔日同学张文垂。张文垂先入为主地坚定地认定,姚简在美国的处境非常糟糕,简直快要混不下去了:"我知道你在那边混的不好","再这么发展下去,死定了。"饶有趣味的是,他们两人关于姚简薪资待遇的交流:"'不多,也就十来万美金。'姚简说完立刻后悔,觉得这个数虽然打了折扣,却还是怕对张文垂形成刺激,于是马上补了一句:'不过,这是税前,你知道美国的个人所得税极高。'没想到张文垂一拍大腿,说:'Out 了,像你这样的人才,在国内年薪至少一百万人民币。'"实际的情形,除了这一百万年薪,另外还有不低于一百六十平方米的住房、相应的科研启动费以及家属工作的安排。在单方面先验地认定姚简一定会选择回国发展的前提下,张文垂竟然不无荒唐地建议专攻美国历史的洛莉改学中国历史:"让她改学中国历史,让她知道我们的历史有多悠久,多博大,多精深。"

再次,是当年曾经毫无保留地全力支持姚简留学,支持他后来留在美国工作生活的姚简母亲。"但母亲没有放过他,说:'只要你回来,我至少还能活十年。'""但从目前的形势来看,我给你留这条后路留对了,简儿,实话告诉我,你在那边自在吗?晚上敢上街吗?小偷是不是很多?他们歧视你吗?你是不是买枪了?姚旺没吸毒吧?洛莉没出轨吧?一想到你在外面被人欺负,一想到你每天都过着提心吊胆的生活,我就整晚整晚地睡不着,后悔当初把你送出去,你看你,都瘦成啥样了……"毫无疑问,母亲以上这些没有一点根据的胡乱猜想,全都建立在那种被撕裂的现实基础上。正因为坚信不移地相信某种意识形态的宣传,所以,母亲也才会一味坚定地沉浸在自己胡乱猜想的世界中:"你骗我,你一直都在骗我。你骗我说你生活幸福,有房有车有钱,可我一眼都没看见。其实,你什么都没有,一点都不幸福,你就像莫泊桑小说里的叔叔于勒。你骗我说不想回来工作,其实你想回来,只是放不下架子。"

最后,是姚简曾经的初恋女友白小鹃。姚简之所以要约见白小鹃,主要因为自己竟然被一众亲友诬陷偷偷拔了母亲的氧气管,想在白小鹃这里找回必要的信任。没想到,白小鹃带给他的,却依然是建立在撕裂现实之上的那些想法:"如果是二十年前,我认为你绝对不会做这种没良心的事,但现在我完全不了解你……这么跟你说吧,我不敢肯定你会拔她的氧气管,但至少你有过拔她氧气管的想法。""姚简,环境会改变人,况且你出去了二十多年,况且西方根本就不讲中国的孝道,你们对生命的理解完全跟我们不同。"面对着来自白小鹃的这些误解,姚简倍感失望:"姚简无语,嘲笑自己竟然想从抛弃过自己的女人身上寻找安慰,简直就像幻想病毒自行消失那么幼稚。"

但故事却并没有就此结束,等到姚简办完母亲的丧事回到新泽西州之后,无法回避的,又是来自妻子洛莉和儿子姚旺的建立在此前那些误解基础上的误解。当洛莉以"邪恶"来指称此前那些包括姚简拔了母亲氧气管的误解的时候,姚简的辩词是:"那不叫邪恶,叫误解或误会,你用词重了。"但洛莉的回应却更为激烈:"我讨厌他们拿母亲的生命来编故事,都是些什么物种呀?"而儿子姚旺,则干脆就在群里和那些中国的亲戚对骂了起来。与此同时,则是大洋那边处于持续发酵状态的严重"误解"。先是姚久久,说自己送夜宵时发现叔叔要拔氧气管,试图阻止却已经来不及。然后是堂哥姚老大,说他调看了医院的监控,确证是姚简拔掉了母亲的氧气管。紧接着是表弟，说表哥不仅有作案动机和作案时间，而且还有作案环境。面对这些莫须有的持续攻击，姚简在万般无奈之下，只好解散了这个由自己亲自建起的群。但不可思议的一点是，或许是因为受到了这些误解的暗示和影响，到了小说结尾处，就连姚简自己，竟然也在恍惚之间产生了严重的自我怀疑："有时候他竟然怀疑母亲的氧气管真是自己拔掉的，甚至会给这种想法配画面，越配越觉得真实。这种想法就像一块创可贴贴在他的脑海，怎么撕也撕不掉。"

我们注意到，小说结尾的最后一句话特别耐人寻味："这边午后，那边凌晨。"一方面，这句话固然是时间的一种写实，但另一方面，在一种象征的意义上说，它所隐喻说明的，却又无可置疑是当下时代被撕裂的一种客观事实。无论如何，能够借助于一个看似简单的"飞来飞去"的亲情故事，尖锐犀利地揭示疫情背景下后全球化时代的社会现实与人心世界，所充分显出的，不仅是东西的格外敏锐，而且也是他高超的艺术智慧。

虽然只是一个字数大约一万字的短篇小说，但王忆的《清晨大雨》却还是设定了两条彼此关联的结构线索。一条线索以往事回忆的形态，主要围绕顾浅这个人物而展开。顾浅是一个命运不幸的女性，很小的时候就丧失了父母，只有一个比自己小五岁的弟弟相依为命。但正所谓"福无双至,祸不单行",没想到,等到姐弟俩都好不容易考上大学之后,这唯一的弟弟却在一次学校的野营活动中莫名失踪。从此之后,顾浅便只能独自一个人如同孤魂野鬼一般孤苦伶仃地在城市里行走打拼。她之所以不管不顾地执意要嫁给比自己小五岁的李建明,一方面固然因为李建明的家庭与个人条件都不错("高学历出身,知识分子家庭,待人接物也很有一套"),但在另一方面是因为倍感孤独的顾浅迫切地需要拥有一个温暖的家("她不吭声,只是抱着头哭了好久才说,'我真的只是想要一个家而已……'")。然而,由于身体不给力,顾浅年仅三十岁的时候,不幸因病而撒手人寰:"在顾浅生命漫长又短暂的三十年里,她一直都是一个始终保持体面的人。她似乎从来都没有觉得自己很优秀,但也知道她并不差。只可惜英年早逝,明明晓得身患重病,却偏偏硬要把孩子生下来。"这个打小就失去了母亲的孩子,就是红豆。自然,正如你已经预料到的,顾浅过世没多久,薄情寡义的李建明不仅另有新欢,而且很快就结合在一起,还生下了另一个孩子。

另一条线索,则更多是以现在进行时的方式,主要围绕身兼第一人称叙述者功能的"我"的情爱生活展开。需要注意的是,在"我"和比自己年龄大十岁的小提琴手周晓之间,"我"是一个在十八岁时就早已暗中喜欢上了周晓的主动追求者。尽管"我"的这一段有着明显一厢情愿色彩的感情,曾经遭到过闺蜜顾浅的坚决反对("要我说你跟他真的不合适,家庭、教育、成长环境完全不同,还有十岁的年龄差距,我是真不信你俩以后能走得长远。"),但"我"却仍然一意孤行地坚持自己的选择。正因为坚定地相信自己爱的选择,所以,"我"才会从各方面考虑并支持周晓的未来发展。这方面一个显著的标志,就是工作室的设立。看到"他在门口停留了好一会儿,眼神和脑袋里貌似在有心记转让店铺的联系电话","我"便"说这地儿挺不错,回去联系一下吧,用来做一间工作室是可以的。我们默契地相视一笑,这事就算敲定了。我以为所谓真正爱一个人,就是要想尽一切办法去为他做到想做的事情。因为我心里清楚,虽说做的一切都是为了帮他,实则我是在为满足自己做事。那时候,我多希望我的爱可以只单纯到热爱啊"。想不到的是,闺蜜顾浅的看法到最后果然一语成谶。因为身边出现了一个名叫丽萨的年轻女孩,周晓便在她的一味怂恿下开始在网上以直播的方式卖小提琴的课程。网络直播倒也还罢了,关键问题是,也正是在这个过程中,周晓的情感天平开始倾斜。最后一种必然的结果,就是和"我"的分道扬镳。就这样,正如同李建明一样,周晓也以自己的方式证明了男性的薄情寡义。

但请注意,如果说以上两条结构线索书写表现的,是现实世界一种不无残忍的冷酷无情，那么，"我"和红豆之间的故事，就可以被看作是世间真情的某种难能可贵。眼睁睁地看着李建明因为第二个孩子的出生而明显冷落了前妻顾浅的孩子红豆，身为闺蜜的"我"，因为曾经接受了顾浅临终前的反复拜托，便挺身而出，自动承担起了呵护红豆的那一份沉甸甸的责任。具体来说，"我"不仅主动把红豆从全托的幼儿园接回自己身边，而且还想方设法地满足小姑娘各方面的要求。毫无疑问，"我"对红豆发自内心的百般呵护所透露出的那份人间真情，与李建明、周晓他们俩的薄情寡义，形成了极其鲜明的对照。作家王忆的如此一种书写，端的是能够让我们想起"东边日出西边雨，道是无情却有情"的诗歌名句来。这个世界会好吗？尽管从李建明和周晓的行为来看，我们所得出的肯定是一种否定性的答案，但"我"对红豆的那满腔真情，却又给我们这个看似冷冰冰的世界带来了一点希望的光芒。有了如此一种爱的呵护，这个世界终究还是充满了希望。而这，从根本上说，也正是王忆如此一种"无情与真情的辩证书写"的意义和价值所在。

  这样的一篇小说，之所以要被命名为《清晨大雨》，我觉得，与文本中曾经数次描述过的情节——关键时刻的大雨场景紧密相关。第一处是在告别闺蜜顾浅的时候："那个大雨滂沱的早晨，我经过她身旁时，特别笃定地说了一句：你是去天堂了吧。一转眼，人间也已经有好几年没再下过那么大的雨了。"第二处是"我"对周晓的一种美好记忆："你记得吗？我们第一次见面的时候，明明前几分钟还艳阳高照，没过多久就大雨倾盆地往下落。"第三处，则是到了小说结尾处："我带着红豆出门时，也是早晨七八点，外面下着滂沱大雨。"正因为"我"和闺蜜顾浅都遭遇了情感上那种无情的打击，所以小说的最后一句话才会是："是啊，瞧瞧这瓢泼大雨，把这些纯粹爱情下得稀碎……"很大程度上，正是因为有了最后的一句话，所以小说标题《清晨大雨》才带有了某种不容否认的象征意义。

第二章 现实凝视、理想聚焦与生态书写

面对着石一枫的长篇小说《入魂枪》，我首先不由自主地联想到的，是老舍的短篇小说《断魂枪》。创作完成于1935年的这个短篇小说，故事情节其实也并不复杂，主要借助于沙子龙这位曾经一度名震江湖的侠客改变身份成为客栈老板后的情节转换，强有力地凸显作者某种深沉而凝重的文化情结。因为沙子龙最擅长的绝招为"五虎断魂枪"，作品遂以"断魂枪"名之。二者虽然思想艺术旨趣有着明显的不同，但如果仅从作品命名的角度来说，却也还是差堪比拟的。石一枫之所以要把自己的这部长篇小说命名为"入魂枪"，主要因为它也是小说主人公瓦西里在电竞赛场上被称为"一发入魂"的一招绝技。所谓"一发入魂"，是电竞界从日本传过来的一种说法，"意为游戏者集中精力，打出不可思议的一击"。关于这能够"一发入魂"的神奇绝技,小说里曾经有过相应的精准描述:"瓦西里的跑位方式完全不循常理,几乎是无遮无拦地暴露在火力网下,但在毙命之前,他已经射出了本局唯一一发子弹,将对方最'硬'的带头大哥当场洞穿。对他来说,这一枪命中就算达到目的,本人生死则置之度外。他的手法也常是'甩狙',和当初替我打出的那一枪如出一辙。他能在晃动、跳跃甚至坠楼的过程中命中目标,但在外行眼中,那不过都是偶然罢了。"需要注意的是,瓦西里在电竞的过程中,一旦进入状态,不仅往往会"一发入魂",而且还总是要追求最理想的"爆头"效果。如果达不到"爆头"的效果,精益求精的他宁可不出手。与"一发入魂"紧密相关的,是瓦西里射击时那种貌似松弛实则高度集中的特别精神状态:"他本人的状态同样奇特。玩家总会紧盯屏幕,而他却在大部分时间里目光四散,如同走神,只在开枪时才突然两眼发亮,肩头紧绷,好像那一枪凝聚了全部体力,又仿佛刚完成的不是一次射击而是一次射精。"然而,能够以貌似松弛实则特别聚精会神的状态发出致命一击,不过是他人或者说叙述者"我"所观察的结果。在瓦西里自己的感觉中,他之所以能够"一发入魂",完全是"时间慢了下来"的缘故。请注意"我"和瓦西里围绕"时间慢了下来"的相关对话:"然后他才重新开口,说在我开枪的一刹那,'时间没有慢下来'。我仍一头雾水,说时间怎么能慢下来呢?我本来还想补充一句：按照相对论的原理，也许时间的确不是均匀前进的，但发生那种现象，首先要使物体的移动速度达到光速以上。""他却摇头说不，又说在他开枪射击的瞬间，时间的确慢了下来。其言辞笃定，而我忽然想，这样一个人，大概是不会夸张更不会撒谎的，于是又问他时间慢下来将会怎样。他告诉我一旦时间慢下来，他就能够不急不忙地进行瞄准并锁定目标了。"那么，时间到底能不能慢下来呢？即使依照现行的科学水准，这也恐怕只能是停留在理论探讨层面上的一个问题。虽然按照相对论的说法存在这样的可能，但在现实生活中要想验证这种可能，却也还不具备相关条件。既如此，这里的所谓"时间慢了下来"，也就只能说是一种既无法证实也无法证伪的独属于瓦西里个人的真切感受。但由其中提及的相对论所引发的，反倒是小说中第一人称叙述者"我"的设定问题。虽然小说并没有做出明确的交代，但根据叙述者"我"居然有一位名叫李正雄的专门讲授"理论物理"课程的老师这一细节来推断，"我"在大学里所就读的专业，八九不离十应该是物理学专业。从根本上说，正因为他是物理学专业的大学生，所以才可以对诸如爱因斯坦的相对论这样的相关物理学理论信手拈来。关键问题还在于，很多时候，只有借助于如此一位拥有相关物理学理论的叙述者，石一枫才可能更进一步地展开关于电竞题材的深度描述与书写。

说到瓦西里，饶有趣味的一点是，小说里竟然先后出现过三个瓦西里。其一，是原初意义上的那个瓦西里。这个瓦西里是二战期间因为精准射击而被誉为英雄的瓦西里·扎伊采夫："苏联战斗英雄，第二次世界大战期间最具传奇色彩的神枪手。在被称为'钢铁绞肉机'的斯大林格勒战役中，他潜伏战场，共射杀德寇225人……真正令瓦西里声名远扬的，是他在一次遭遇战中，曾经击毙贵族出身的党卫军上校、德国狙击手总教官海恩茨·托儿伐克。"虽然这位带有根源性意义的人物在《入魂枪》中并未正式登场，但他与另外两位瓦西里之间存在着不容忽视的渊源关系，如果没有他，自然也就不会有另外两位瓦西里的被命名，所以石一枫竟然把《环球电影》杂志1997年6期上关于瓦西里·扎伊采夫的一段介绍性文字，干脆放置在文本之前，作为小说的题记。其二，是21世纪初叶曾经在北京的电竞赛场上一度引领风骚，以其标志性的"一发入魂"而在业界产生相应影响的，那位依靠出卖苦力维生的底层青年（又被称为力巴）张京伟。张京伟所以被称为"瓦西里"，主要因为在完成了惊心动魄的"一发入魂"之后，他自己的签名就是"瓦西里"三个字。更进一步说，身为一个没有什么文化仅仅依靠出卖苦力勉强维持生计的底层青年，张京伟能够知道历史上神枪手瓦西里，乃是缘于父亲的一封信。那是一封路途迢迢的来自俄罗斯的亚列宁斯科亚的国际信函:"在信里,他告诉儿子,这地方是他最崇拜的苏联战斗英雄、神枪手瓦西里·扎伊采夫的故乡。当一个猎户的儿子在密林中苦练枪法,没有人能想到他会在战场上屡建奇功,最终击毙了贵族出身的党卫军上校、德国狙击手总教官海恩茨·托儿伐克。瓦西里同志将勇气、毅力和技巧发挥到了极致,从而成为普通人的传奇。讲完这个故事,父亲还随信寄来了一件到访亚列宁斯科亚的纪念品,即那个画有手持步枪的红军战士的搪瓷杯子……他鼓励儿子学习瓦西里,克服艰难险阻,不向命运屈服,'有朝一日,你也能打出自己的那一枪'。"很大程度上,正是父亲这一封不期然间的来信,不仅使张京伟知道了那个历史上的神枪手瓦西里,而且使他确立了力争在电竞领域里成为如同瓦西里那样的神枪手的人生目标:"他把他爸关于'开枪'的比喻理解成了字面含义,那就是在游戏里扣动扳机。于是他废寝忘食地苦练,直到练成'一发入魂'。于是他将自己命名为'瓦西里'。"这样一来,自然也就有了这位凭借"一发入魂"而在京城的电竞界一时引领风骚的"瓦西里"。其三,是那位小说开始不久就以其神奇的枪法引人注目的鸽子赵:"这堪称一次完美的射击表演,男孩儿的诀窍不是跑位、隐蔽或声东击西等等复杂的战术,仅仅在于反应快、枪法准。他甚至懒得捡拾那些火力强大的连发武器,从头到尾只靠一把单发步枪。那是庖丁解牛一般的洞察力,能把游戏还原为'瞄准、射击、命中'的简单流程,而这也正是所谓高手和普通玩家的分野所在。"尽管鸽子赵这第三位瓦西里并非小说中的核心人物,但从叙事学的角度来说,他存在的意义主要在于更进一步地引发出那位拥有更重要位置的第二个瓦西里来:"当然,此瓦西里非彼瓦西里,二者不可混为一谈。他们一个潜伏在一九四二年的斯大林格勒,另一个则出没于今天的北京城市副中心。但世事流转,因果暗合,我又不得不想起了另一个瓦西里。"请一定不能忽视这一段三个瓦西里罕见并置的叙事话语。从根本上说,正是这一段叙事话语构成了小说《入魂枪》真正的叙事起点。由二十多年后也即当下时代的瓦西里(鸽子赵),首先牵引出作为命名根源的历史上那位真实的瓦西里·扎伊采夫,然后又进一步联想到二十多年前的那个真名为张京伟的瓦西里。从小说艺术的角度来说,作品所集中讲述的,其实是这最后一位瓦西里的故事。也因此,我们就必须明确,尽管文本中先后出现过三个瓦西里,但只有这个张京伟才被作家石一枫径称为"瓦西里",苏联的那位战斗英雄是不带引号的瓦西里,至于另外一位瓦西里,则被称作鸽子赵(关于鸽子赵的命名,小说中也有着明确的交代:"对了,鸽子赵以前也不叫鸽子赵,和瓦西里一样,他也有个名字叫赵洛生,普通得近乎乏味。恰因对鸽子兴趣浓厚,朝着笼子咕咕乱叫的模样也像极了一只瘦弱的鸽子,他才被人冠以那个外号")。细细想来,那个根源性的苏联英雄瓦西里,只是偶有涉及,基本上没有进入小说叙事流程,真正加入叙事流程的,是另外两位瓦西里。如果我们可以更进一步地把二十多年前也看作是并不遥远的历史,那么,从艺术结构的角度来说,整部《入魂枪》其实又由两条或有交叉的结构线索组成。一条线索围绕现实或者说当下时代的鸽子赵展开,另一条线索围绕历史也即21世纪初叶的瓦西里展开。相比较而言,后一条也即瓦西里的那条结构线索因其更重要而可以被看作是小说的主要线索,前一条也即鸽子赵的那条线索处于次要的位置。而这也就意味着,虽然总是会时不时地回到现实之中,但就总体来说,第一人称叙述者"我"的叙事是在一种循环往复地回忆往事的基调中进行的。

行文至此,我们无论如何都必须指出,阅读《入魂枪》,令笔者感触最深的一点,是石一枫对处于急剧变化过程中的社会现实的分外敏感。当然,这里的敏感主要是针对小说所表现的题材而言。尽管在很多时候,当下的文学批评领域相较于"写什么"的问题恐怕更注重于"怎么写"的层面,但在我的理解中,"写什么"也即作品的取材问题同样有着不容忽视的重要价值。不知道其他人的感受如何,在我有限的阅读视野里,在阅读石一枫的《入魂枪》之前,真的从来都没有接触过这一类以游戏或者说电竞人群为主要表现对象的小说。这一方面极有可能的一种情况是，由于我的孤陋寡闻，当下或许早已有了类似的作品，但我却毫不知情。但在另一方面，与那些仅仅满足于浮光掠影地关注表现类似题材的小说相比较，我更看重的，还是作品本身的思想艺术水准。从根本上说，只有那些真正抵达了相当思想艺术高度的作品，方才能够进入我们的关注与批评视野。正是从这一点出发，我才特别看重《入魂枪》题材上的突破意义。一个相对陌生或者说全新的题材领域，能够借助于石一枫的生花妙笔得以鲜活生动地呈现在读者面前，乃是《入魂枪》思想艺术价值一个不容忽视的层面。一种真实的情况是，早在阅读《入魂枪》之前，我就曾经对年轻人真正可谓是足不出户、晨昏颠倒的"无论有汉，不知魏晋"的网游生活有所耳闻，但或许因为自己与这种生活状况的距离甚是遥远，对其具体的生活样态，只有在先后两次认真读过《入魂枪》后方才有所了解。这一方面，"我"和"湖里的鱼"（也即鱼哥）可以说都是极好的例证。首先是"我"，"我"好不容易才考上了北京的名校，没想到却染上了难以戒断的网瘾（这网瘾，很大程度上也可以被看作是一种时代病，或者说时代的标志）。为了打游戏，不仅足不出户、晨昏颠倒，甚至还干脆就牺牲了正常的大学生活："说到底不就是打游戏嘛，反正我也没闲着，自从上大学以来大部分时间都在打游戏。如果说新的世纪和新的城市向我展开了新的生活,那么这种生活就是由一台破电脑、一根旧网线和一摞从中关村街口那些抱着孩子的妇女手里买来的盗版光盘组成的。为了打游戏,我已经牺牲掉了本该回家和我妈一起度过的寒暑假……我还有什么不能牺牲的呢?"如果说"我"的如此一种生活状态的叙述还稍嫌笼统的话,那么,"湖里的鱼"也即鱼哥的撒尿事件就是一个很好的细节。诚所谓不打不相识,"我"和鱼哥的结识,就源于他的尿液。那一次,正在专心致志投入到游戏或者说电竞状态中的"我",突然感觉到天上下雨了。没想到,这雨到头来却是鱼哥那憋不住的尿液:"说到这儿,也要解释一下那泡从天而降的尿了,只不过从一个游戏玩家的角度来看,这一切都是那么合情合理——试想他打游戏打得废寝忘食,就算厕所只在一墙之隔,又哪儿来得及临阵脱逃去处理自己的生理需求?因此索性拎起可乐瓶子就地解决。而当几个瓶子都尿满了,很不幸尿又来了,他也只好把其中一个瓶子里的液体泼出窗外,才能迅速再把自己清空,以保证继续投入战斗。"打游戏竟然打到了连撒尿都顾不上的程度,那种"歇机不歇人"的极端投入状态自然可想而知。与这些年轻人的极度入迷状态相匹配的,是他们在参与诸如《反恐精英》这样的网络电竞虚拟比赛时的那种积极与主动。比如,"我"和鱼哥以及小熊("湖里的熊"),不仅化敌为友地由原本的对手而组成临时战队,而且还强拉上能够"一发入魂"的"瓦西里"一起来与"康德姆"他们那个工科大学的战队在电竞赛场上展开了高强度的激烈对抗。这种网络上虚拟的激烈对抗场景,竟然被石一枫的那一支生花妙笔渲染得如同武侠小说一般因其紧张而极富吸引力。

阅读老藤长篇小说《北爱》,首先值得注意的,是作家在艺术结构上所做出的努力。这部小说一共九章,每一章的故事时间均是一年,加起来的故事时间一共为九年。第一章的标题为《壬辰·逆行者》。壬辰当然是农历壬辰年,结合具体的故事内容,我们就不难判断,这一年也就是公元2012年。而"逆行者",则是小说中那位名叫吴逸仙的画家以女主人公苗青为模特所作的一幅画像:"这是一幅两尺见方的色粉画,西式柚木画框,画面是一个穿着红色风衣女子的背影,女子一只手背在后面,手里握着一卷图表纸,另一只手在向远方招手,前面是白雪覆盖的山峦,山峦上是白桦林,山下是刚刚融化的小溪,溪水呈黛色,像墨玉,几块露出水面的石头上还积着白雪。画的左下角有五个小字:壬辰·逆行者。"第二章的标题为《癸巳·金蟾礁上的雅典娜》。农历癸巳年,就是2013年。"金蟾礁上的雅典娜"这一画作同样出自吴逸仙之手:"这是一幅取材于希腊神话的作品,金蟾礁上站立着美丽的雅典娜女神,女神双臂向上张开,左手托着一只鹰鸮,右手托着一架灰色的战机,海面上波涛汹涌,整个画面极富视觉冲击力。画面的右下角写着：癸巳·金蟾礁上的雅典娜。"如此这般依此类推，接下来的七章的农历纪年时间分别是甲午、乙未、丙申、丁酉、戊戌、己亥，一直到公元2020年的庚子年。与以上农历纪年相匹配的，则同样是出自吴逸仙之手的七幅专门送给苗青的画作，具体的名称分别为《月桂树的冬天》《放纸鸢的少女》《海东青的复活》《天女木兰》《北地之子》《猪卡索》以及《雁来红》。如果我们更进一步地联系故事内容，就可以发现所有这些画作的命名，在以一种暗示的方式巧妙写出苗青现实处境变化的同时，其实也寄托着身负潜在导师重任的画家吴逸仙对苗青的期盼与指点。一方面，老藤之所以要采用农历而不是公元的方式来纪年，固然是要借此而凸显对本土文化的尊重，但在另一方面，借助于吴逸仙的一系列画作名称的章节命名方式，则更加充分地凸显出了苗青主体地位的重要。倘若说是苗青毕业后选择到东北工作生活的人生行迹构成了小说最主要的结构线索，那吴逸仙依照时间顺序逐年专门送给苗青的九幅画作，就毫无疑问可以被看作是这一结构线索的象征性凸显。

艺术结构的一番煞费苦心之外，还有诗歌文体在文本中的适度穿插。身为工科生的苗青，由于从小受到父亲熏陶的缘故，也是一位业余诗人，每有人生感触，便会顺手划拉几首："父亲每次送她飞机模型都会附一首短诗，短诗富有哲理，颇有些泰戈尔的风格，这些诗句有形无形中也让苗青渐渐喜欢上了诗，偶然也写几首自娱。"比如，父亲这样一首只有两行的言志之作："白山黑水间高高的索伦杆，/有谁，能挂起飘扬的旗帜？""白山黑水"，当然是东北的别称。"索伦杆"，作为满族祭天时不可或缺的神杆，则又属东北所独有。而那面"飘扬的旗帜"，完全可以被看作是父亲未能实现的人生理想的一种象征性表达。正因为自己的理想未能实现，所以心存遗憾的父亲，才会发自内心地追问，到底是谁，能够挂起飘扬的旗帜，能够以代偿的方式实现自己的人生理想。正因为受到了父亲潜移默化的影响，所以苗青才会不时地以诗歌的方式抒情明志。比如，就在小说刚刚开头的时候，尚在求学阶段的苗青，就曾经写下过这样的一首诗，"飞起来的/不仅仅是春天的身体/当双臂变成翅膀/能抵达枝繁叶茂的彼岸"。在这里，苗青所书写的，一方面是爱情的感觉，另一方面则是人生理想的追求。飞起来的，当然是身体，是她的研究生同学，后来成为她恋人的江峰的惊人一跳。在运动会的三级跳远项目中，江峰的表现特别令人震惊："江峰的助跑手臂摆动幅度特别大，腾空第一跳就接近了踏板，第二跳稍稍有些收，待第三跳的时候，竟然在空中走出了三步！"毫无疑问，正是江峰这令人震惊的潇洒一跳，震撼了苗青的芳心，促使她情不自禁地产生了写诗的冲动。既如此，所谓飞起来的身体，其具体实指，正是江峰在三级跳远赛事中的出色表现。但请注意，三级跳远固然需要"飞"，苗青所从事的飞行器设计与制造专业，也同样与"飞"紧密相关。这样一来，抒情主体的想象力便合乎情理地由江峰的三级跳远而飘移到了自己从事的专业上，顺理成章地转换成为高远人生理想的书写与表达。所谓"能抵达枝繁叶茂的彼岸"云云，所真切传达出的，正是这样的意思。在丰富文体表达手段的同时，也更能巧妙地传达相关人物的情志，《北爱》中诗歌形式的适度穿插，其艺术效果不但毋庸置疑，而且更应该得到我们充分的肯定。

"逆行者"，之所以曾经一度成为小说标题的选项，主要因为女主人公苗青，真正称得上是一位功利化经济时代的逆行者。正所谓"天下熙熙皆为利来，天下攘攘皆为利往"，当人们都热衷于谋求各种功名实利的时候，苗青这个弱女子却反其道而行之，毅然投身于前景未必那么明朗的飞机设计与制造事业之中，一种充满理想主义色彩的内在叛逆与独立精神，无论如何都令人敬佩。故事在壬辰年开始的时候，充满着青春朝气的苗青，还是上海交大飞行器设计与制造专业的一位行将毕业、面临着未来人生道路选择的博士研究生："临近毕业，择业去向成了一道必答的难题。苗青面前有两条路，一条是南下，随江峰去深圳搞房地产，江峰为此已经做了充分准备，用江峰的话说是路子已经铺好；另一条则是北上，到东北去从事自己的专业，这是导师吴教授的建议。"在飞机设计方面极有天赋的江峰，之所以一定要南下深圳去搞房地产，具体的理由有二。一是来自家庭的强劲后援支持。他的父亲在南方一个省会城市当规划局长，与很多房地产大亨来往密切。二是他自己的强烈人生意愿。"江峰说：'能有机会设计飞机当然好，但前面几届学长比我们厉害的有许多，哪一个成功了？飞机不仅是烧钱的行当，还是国家行为，需要大进大出，目前商用飞行器被西方大国垄断，想有所作为很难。'"从现实的角度来说，江峰的相关思考并非一无是处。既然想要在飞机设计方面有所成就，势必面临着巨大的几无成功可能的困难，那拥有特别家庭背景支撑的江峰弃专业而择房地产，也就是无可厚非的一种行为。虽然从道德上无从被指责，但如果从一种更多着眼于国家民族发展的理想主义的角度来说，潜藏于江峰如此一种选择背后的，毫无疑问是对一种商业实利的向往与追逐。江峰的人生选择固然无可厚非，但由此而进一步牵连出的，却是与他一直情投意合的苗青到底应该何去何从的重要问题。尽管苗青在某种程度上非常理解江峰意欲在房地产这一行当里大有作为的人生选择，但她自己却难以如同江峰一样轻易地放弃已经学习了整整八年的飞机设计专业。之所以会是如此，关键原因有三。

其一，是父亲从幼年起即不断灌输给她的设计飞行器的人生理念。从上小学开始，苗青每年过生日的时候都会收到父亲的飞机模型礼物。等到故事开始的时候，家里的那个博古架上已经整整摆了十九个飞机模型。这样一种看似偏执的行为，与毕业于北京航空学院、作为飞机迷的父亲的人生理想紧密相关："父亲说正像一个缺乏想象力的诗人一定是蹩脚诗人一样，一个在地上爬行的国家一定难逃弱国命运。父亲的毕业论文是《大型飞行器设计的问题及对策》，他私下和要好的同学讲，这篇论文实际上是他'一个人的计划'，毕业后他要锚定这个计划，设计一款具有国际先进水平的大飞机。"想不到的是，尽管父亲毕业后如愿以偿地被分配到东北鲲鹏机械厂专门从事飞机设计工作，看似接近了设计大飞机的理想，但由于计划的调整，这个工厂竟然转产冰激凌机。万般无奈之下的父亲，只好选择离开，从沈阳调回老家武汉工作。尽管如此，由于内心深处的飞机情结一直都没有消解，父亲所心心念念的依然是他"一个人的计划"，依然对飞机的设计与制造情有独钟。即使在退休之后，父亲也会为自己能够重返老本行，能够有机会参与水上飞机的研制而兴奋不已。苗青虽然曾经在很长一段时间里不喜欢父亲专门赠送的生日礼物，但等到她自己最终成为飞机设计专业博士研究生的时候，她其实已经以实际行动呼应了父亲一直不肯释怀的人生理想。这样一来，尽管父亲明确表示不会干涉她毕业后的职业选择，但苗青毅然决定北上，却仍然可以被看作是父亲多年努力的一种直接结果。

其二，是年迈导师的强力坚持。在平日的闲谈中，导师曾经看似无意地以形象的话语谈论过东北："记得与导师聊起东北时，导师对东北四大城市逐个做了评价：沈阳是空中堡垒，有点像前苏联的安-225，体量巨大，运力十足；长春是麦道-82，身姿修长，高等教育发达；哈尔滨如同运-9，离开它，很多重要的事情玩不转；至于计划单列市大连，更像刚刚实现首飞的歼-10，是一个应该出奇迹的地方。导师用四种机型来比喻四座城市，给苗青留下了清晰的印象。"关于东北的这四座城市，导师的另外一种比喻是："若说大东北三个省会是三居室的话，大连无疑是东北的阳台，站在阳台南可望大海，北可顾腹地，有地利之便。"年迈的导师，之所以会以如上这样一些生动形象的比喻来讨论东北的四座城市，肯定是他曾经长期关注它们的缘故。别的地方不关注，单只是盯着东北不放，与导师的专业方向存在着不可分割的内在关联。正因为只有在东北这样的重工业基地才有设计制造大飞机的可能，所以，一直对大飞机的设计制造魂牵梦绕的年迈导师，才对东北的情况如数家珍，而且还以一种近乎霸道的方式要求得意弟子苗青毕业后一定要去东北工作："作为国内空气动力学方面的泰斗级院士，导师没有架子，讲述问题就像一个耐心敬业的小学老师，从不对学生发火。但是，在苗青毕业去向问题上，导师的态度却没有任何回旋余地，立场坚定不移，导师说：'你不造飞机，当初为什么要考我的博士？'"

其三，无论如何，我们都得承认，来自父亲和导师的耳提面命是非常重要的。对此，置身局中的苗青自己有着特别清醒的认识："苗青明白，坚定的立场从来不会在某种沙龙中形成，立场如同地基，需要有人去夯实，父亲、导师都是自己立场的夯实者。"但诚所谓"打铁还得自身硬"或者"内因是关键，外因是条件"，未来人生道路的最终决定者，还是苗青自己。一方面是情投意合的恋人，另一方面是钟爱的事业，站立在人生十字路口的苗青，内心深处尽管有着难以自控的犹豫和纠结，但心理的天平还是倾向了飞机设计事业："苗青很为难，她爱江峰，江峰是一个让她心里放不下的男人，但她更放不下自己的专业。考上吴教授的博士后，在导师的影响下，她慢慢理解了父亲一个人计划的执念，假期回武汉，再看博古架上那十九个飞机模型，总觉得就是十九只叽叽喳喳的乳燕。"事实上，"与江峰兴奋点的宏大相比，苗青的兴趣永远局限在飞行器上，她喜欢谈论空气动力、自动控制、材料强度和动力装置这些具体问题。苗青曾经想象这样一幅未来的图景：在某座摩天大楼，一个大平层被高高的书架隔成两间，一间是江峰的无人机设计工作室，一间是自己的商用大飞机设计工作室。"从根本上说，正是因为苗青的内心深处有着某种不可移易的执着，所以，她尽管对江峰满怀依恋，也深知未来的人生道路会有多么艰难，但到最后，还是以自己强劲的主体意志毅然决然地选择了去东北实现设计大飞机的人生理想，成为以功利实用为突出特点的经济时代一位逆势而上的逆行者。常言说得好，识时务者为俊杰，在一个充满实用功利色彩的经济时代，一种现实主义的人生选择，肯定是如同江峰一样，利用家庭便利顺势而为地南下深圳去发展看似一本万利的房地产业。当自己身边的交大学子，要么纷纷出国深造，要么纷纷选择北上广深这四个一线城市作为落脚之地的时候，看似纤弱的苗青却毅然选择北上，为了实现大飞机设计和制造的梦想，把人口外流特别严重的东北作为落脚之地，所需要的就是一种极大的勇气。正所谓"虽千万人吾往矣"，能够坦然做出如此一种人生选择的苗青，无论如何都应该被看作是带有突出理想主义色彩的逆行者。

但请注意，正所谓众人拾柴火焰高，一个好汉还需众人帮，身为逆行者的苗青，自己即使有再大的能耐，也不可能一个人赤手空拳地在东北闯出一片天地来。事实上，无论是从现实生活的角度来说，还是从小说艺术的角度考量，都必须在苗青身边设计一系列帮手形象。这其中，最值得注意的，就是那幅色粉画《逆行者》的作者吴逸仙。身为导师的侄子，因为情感受挫而奉行单身原则的吴逸仙，一方面是受了导师委托，另一方面更是出于他自己内心深处的东北情结，从最早的《逆行者》那幅画开始，就一直在无怨无悔地倾心帮助着苗青。这一点在苗青和导师的一段对话中表现得非常突出。"技术问题说完了，导师问起大仙的情况。苗青历数大仙对她的帮助，说：'有难事找大仙成了她在东北工作的一大法宝，尤其提到每年大仙都为她画一幅画，她特别珍惜这些画，每次品味，都能品出画中的新意来。'""导师说：'画是大仙的武器，他想用画把你留住，他对我说过，你要是走了，是东北的窝囊，也是东北人的不讲究，广袤的东北不但要容下你这棵月桂树，并且要这棵树长势喜人。月桂树的枝叶在古希腊被用来编制国王和奥林匹克冠军的头冠，寓意是胜利和骄傲，给你的每一幅画，大仙都是走心的。'"一种实际的情况是，除了每年都会如约而至的那一幅富含寓意的画作之外，苗青在工作和生活中，每每遇到难以克服的困难，第一时间想到的，就是这位如同兄长一般的吴逸仙，就会去向他讨主意。而吴逸仙，虽然不是真理的化身，却也总是能够在关键时刻给出及时的意见，帮助苗青面对并解决相关问题。要害处在于，吴逸仙不仅自己身体力行地忠实"履行"帮手的职责，而且还在苗青刚刚抵达东北的时候，就给她介绍了四位与自己志同道合的好朋友："大仙从白院士开始介绍：白院士是国内著名航电专家，在中直一家研究所工作，是著名的学科带头人。白院士平易近人，脸色红润，下颌上有颗红痣。面色清癯的那位叫宋理，毕业于哈工大，是金普机床集团董事长。年轻的一位叫文剑，与白院士一样都毕业于清华大学，文剑剃着平头，双目带电，衣着不凡，给人一种老成持重的感觉。大仙特意说文剑比苗青大一岁，单身，从事绿色环保产业。"这其中，尤其值得注意的，是与苗青年龄相仿的文剑。他"正招兵买马筹建飞鹰公司，准备进军无人机产业"的事业追求，恰好暗合苗青的大飞机设计理想。到后来，苗青之所以会选择飞鹰公司去挂职锻炼，根本原因也正在于此。其实也不止是他们几位，无论是鲲鹏集团那位知人善用的鲍总，还是909所的办公室主任兼人事处处长小宋，抑或是飞鹰公司的那位曾经一度为苗青制造障碍的副总贾琼，所有的这些人在苗青实现自己大飞机设计理想的过程中，都在不同程度上充分发挥着不可或缺的帮手作用。当然，这其中无论如何都少不了的，还有那位后来成为苗青丈夫的马歌。要奋斗就一定会有牺牲，《北爱》中，既然身为主人公的逆行者苗青不管怎么说都不能轻易牺牲，那从一种情节功能的角度来说，这位替代者，恐怕也就只能是身为苗青丈夫的马歌了。马歌之所以到最后因病不治而被迫弃世，主要的原因便是如此。但请注意，以上所有这些帮手，之所以会不管不顾地倾力帮助苗青这样一位素昧平生者，其实也与他们内心深处的那种牢不可破的东北情结紧密相关："大仙停下脚步说：'换句话说，东北现状如此堪忧，最着急上火的是我们这些东北人，与别人消费东北、调侃东北、抹黑东北不同，我和白院士、文剑和宋理都想为亲爱的东北做些什么，您的加盟让我们看到了一线曙光。'"针对大仙的这番话，苗青一种心领神会的回应是："'为亲爱的东北做些什么，'苗青复述了一遍这句话，觉得这一刻大仙似乎变成了一个思政教师，'说得真好，遗忘东北是缺少感恩心的体现，假如没有东北的无私奉献，新中国建设的苦难辉煌恐怕会更加曲折。'"实际的情形是，吴逸仙的这一番话语的具体指称对象完全可以被扩展到所有的帮手形象。究其根本，正是因为一方面有了苗青这样一位带有理想主义色彩的逆行者，另一方面也有了这样一个同样带有突出理想主义色彩的帮手阵营的存在，我们才把老藤这部被专门命名为《北爱》的长篇小说，看作是相当成功的对逆行者的一种理想主义书写。

傅泽刚的《大地因此有了意境》这部中篇小说，首先吸引我的，就是那洋溢着浓郁诗意的标题。正因为小说所聚焦的是乡村生活，所以才能够和"大地"这一语词发生紧密的关联。无论如何，我们都很难想象，一个书写城市的小说作品，会和诸如大地这样的物事发生关联。"意境"，一般是评价文学作品时才会使用的一个带有突出抽象性色彩的语词。乡村大地之所以会和这样的语词发生关联,主要因为傅泽刚意欲挖掘表现的,乃是新时代正行进在生态乡村建设道路上的西南边陲民族杂居地区的乡村生活。

故事的发生地,是乌蒙山皱纹里一个名叫椅子村的汉彝杂居的村庄:"椅子村,汉彝两族聚居地,包姓是彝,麻姓是汉。两姓两族间,时有冲突和纷争,所幸没升级到不可调和的程度。"虽然按照老祖宗的族规,汉彝两族不能通婚,但由于现代性冲击影响,等到故事发生的新时代,这一规矩早已被明显冲淡。小说中那位返乡回村的大学生,后来被村民推举为村主任的麻小坡,和同学包枝儿之间的跨族联姻,就是这方面的一个明证。尽管已经实现了跨族联姻,但这却并不意味着椅子村里分别隶属于汉彝的包麻两大家族之间矛盾的彻底消失。事实上,作品最主要的矛盾冲突,就发生在时任村主任的包姓的包家兴与麻姓的麻元增他们两位之间:"包、麻两人,一胖一瘦,岁数相当,从小屙尿拌泥巴耍在一起,整天死缠烂打,竟然也缠出了友情。活了几十年,也掐了几十年,说不上大矛盾,斗气和不服输倒是常有的。"他们两人这一次的矛盾冲突,集中体现在乡村丧葬改革的问题上。用包家兴专门在大喇叭中传达的县政府决定就是,为了移风易俗,一定要在乡村实现文明丧葬、绿色办丧:"要求六月一日后落气的人,全部火化,不得土葬,硬要土葬的,罚,重罚。"

虽然说县政府新的丧葬决定是针对全县所有乡村的，但关键问题在于，包家兴和麻元增这一对总是在发生着各种矛盾冲突的"生死冤家"，各有一位年逾八旬的老父亲，尤其是麻元增的父亲，更是早已经处于一息尚存的状态之中。尽管包家兴看上去对父亲的身体状况信心满满，但实际上他们两位都面临着父亲落气后到底是土葬还是火葬的问题。果不然，多少带有一点巧合意味的是，等到五月三十一日晚上的时候，两位年迈的老人竟然前后脚离开了人世。唯一的区别在于，包家兴父亲落气的时间是下午四点过七分，而麻元增父亲落气的时间，则是晚上十二点刚刚过了两分。严格说来，麻元增父亲落气的时间已经是六月一日的凌晨，依照县政府的规定，不能土葬，只能火葬。这样一来，到底采用什么样的丧葬，自然也就引发了不可避免的矛盾冲突。由于传统观念长期影响，不管是麻元增，还是身为村主任的包家兴，他们所心仪所能接受的都是既往的土葬方式。请看小说中麻元增的一段心理描写："麻元增并不惧怕包主任，让他纠结的，是他不想和政府对着干。父亲没多少时辰了，他不希望那个时刻过早到来，但转念一想，如果父亲的人生就在这两天终结，不如让注定的事发生在今晚十二点之前，这样，就可以理直气壮地为父亲土葬。所以，他心里有了隐秘的企盼，这种企盼有违良心道德，他为此纠结、自责和不安。爹是自己的爹，不该有这种企盼啊。"从来都不会有人盼着自己的亲人早日离开人世，但麻元增，为了能够让父亲如其所愿地土葬，竟然会在内心深处盼着父亲能够早一点落气。傅泽刚对麻元增如此一种自我矛盾心理的真切描摹，所揭示出的，正是土葬这样一种传统的丧葬方式在椅子村村民心里根深蒂固的程度。到最后，尽管村主任包家兴百般防范，采取了多种措施，但在经过了一番斗智斗勇之后，性格中拥有狡黠一面的麻元增，还是以调虎离山与偷梁换柱的方式巧妙瞒过包家兴，把父亲神不知鬼不觉地成功埋进了早已挖好的墓穴中。等到麻元增偷着土葬父亲的事情真相暴露之后，一个尖锐的问题，便也随之而自然生成。那就是，既然包家兴此前曾经口口声声地一再强调，凡是在六月一日之后落气的人，即使已经土葬了，也要挖出来重新火葬。既如此，麻元增的父亲，到底会不会被挖出来重新火葬，自然也就成了一个不容回避的问题。

一方面，我的确不知道傅泽刚自己是否意识到了这一点，但在另一方面，从文本的事实来说，等到小说的故事情节进行到这里的时候，叙事的聚焦点却发生了明显的转移。如果说此前的聚焦点一直是土葬还是火葬的丧葬方式问题，那么，到了这个时候，在原来的焦点被悬置之后，新的焦点却不期然地被转换为是否应该迁坟的问题。根据乡政府的规定："为开辟椅子村真武庙、跳墩河、飞马瀑及牛敞坪一带为旅游区，景区开发办通知，区内所有违规建筑和坟墓，全部拆除和迁出，政府按坟头补贴，每坟三千元。"面对着到底迁不迁坟的问题，麻元增和包家兴再一次陷入矛盾的状态之中。一方面出于内心的私愿，另一方面迫于家族的压力，包家兴无论如何都不愿意迁刚刚下葬不久的父亲的坟。然而，麻元增公开放出的口风却是，只要包家兴迁了坟，他自己也绝不会含糊。没想到的是，就在他们两人再次较劲差不多达到白热化程度，包家兴实在撑不住，终于动手挖坟的时候，却被匆匆赶来的彝文化研究专家紧急叫停："几天后，包家兴得到正式通知，经县人民政府研究决定，免迁包家兴父亲一坟。原来，经过专家鉴定，此坟是彝文化的结晶，是至今最大最能代表彝族十月太阳历的向天坟，祭祀先生已去世，以后再没有这样的向天坟了，故，此坟珍贵，可做旅游景点存留，供游人观光。"虽然麻元增因此而多少感到有点丧气，但正如你已经预料到的，等到一年之后，在麻小坡取代包家兴成为新的村主任，带领椅子村村民在生态乡村建设的道路上健步向前的时候，包家兴和麻元增这一对"掐了几十年"的"生死冤家"终于握手言和，分别以村绿化小组组长和副组长的身份，积极投身椅子村的生态乡村建设之中。因为如此，椅子村的那块古老大地才称得上是有了意境。

由以上分析可见，傅泽刚的《大地因此有了意境》

这一中篇小说，虽然在艺术上存在着聚焦不够集中多少有所游移的瑕疵，但从总体上说，能够在适度穿插彝文化太阳历这一民族遗产因素的前提下，以丧葬习俗的变迁为中心，对新时代乡村生态建设展开鲜活、生动的艺术书写，无论如何也都应该被看作是一部别开生面的优秀作品。

由作品的标题可见，李春平《艾可喜家的乡村故事》这一短篇小说的叙事聚焦点是以中年农民艾可喜为一家之主的汉江畔月河镇新桥村的普通村民家庭。我们都知道，家庭是一个社会的基本单元，尤其是在中国广大的乡村世界，由于传统宗法制观念仍然在发挥影响，即使已经步入现代社会，家庭和家族观念的存在，依然是一种不争的事实。李春平的相关书写，很显然建立在如此一种前提下。从根本上说，他的这一短篇小说正是借助于家庭这一聚焦点，以艺术镜像的方式迅即捕捉并表现新时代乡村振兴背景下乡村生活状况的一篇及时之作。

艾可喜一家共由三代八口人组成。最年长的，是已经八十多岁的爷爷。然后，是艾可喜与艾可贺兄弟俩。艾可喜高中刚刚毕业，没有参加高考，就回家务农，娶了个媳妇也是村里的农民。比他小五岁的艾可贺，不仅自己身为博士，在京城某名校任教，而且娶了个太太也是博士。艾可喜有一儿一女。儿子艾小我大学毕业后当了老师，刚刚工作就又考上了博士。女儿艾小艺大学毕业后在南方打工，但仅仅只是过了一年时间，骨子里有着牢固乡村情结的她，就回到了家乡，回到了父母身边。艾小贺这一对博士夫妇，则只育有一个名叫艾小艾的女儿，正在高中就读。由于身处微信时代，所以，艾家也建有一个被命名为"一个充满爱的家"的微信群："群主是艾可喜。老爷子门下八口人，爷爷手机的功能不行，没有进群。所以只有七个人。"因为弟弟艾可贺一家三口远在京城，所以，小说里的乡村故事便集中通过艾可喜他们这个四口之家（虽然艾小我远在外地读博，但年迈的爷爷却和大儿子他们一家生活在一起）而凸显出来。

具体来说，新时代乡村振兴背景下乡村生活的变化，主要是依托于以下几个关键性情节而表现出来。其一，是女儿艾小艺的抖音直播。毕业于网络与新媒体专业的艾小艺，回到家乡后，正好赶上抖音流行，对新生事物格外敏感的她，便开始玩起了抖音："见到农村的什么都直播，起名'乡村故事'，一年内就莫名其妙地成了网红，开始为本县的专业户带货，把这里的腊肉、蜂蜜、山核桃往外推销。"正因为艾小艺在乡村逮什么便直播什么，所以，擅长玩抖音直播的她，客观上成为作家透视表现乡村生活的一个叙事视点。小说中主要的乡村故事可以说都被她以抖音这种形式进行了广泛的传播。

其二，是艾可喜家那头公牛的失而复得，以及围绕失而复得这一细节而进一步生发出的艾可喜他们家与女县长以及派出所工作人员之间的故事。小说一开始,就是被艾可喜看作心肝宝贝的那头已经被养了五年时间的公牛挣脱缰绳后的失踪。牛丢了,除爷爷外,艾可喜一家三口的本能反应,就是进入"战时状态"一般地四处搜寻。尤其是热衷于抖音直播的艾小艺,一边找牛,一边直播找牛的全部过程。用艾小我叮嘱艾小艺的话来说,就是:"抖音制作者必须贴着生活的脚步走,从人间烟火中发现时代,然后生发意义和趣味,那就自成高格。"某种意义上,我们完全可以把艾小我叮嘱艾小艺的这一番话语,看作是作家李春平以夫子自道的方式而呈示出的创作经验之谈。不管怎么说都不容置疑的一个事实是,一个合格或者说称职的作家,也只有紧贴着生活的脚步,才可能真正地"从人间烟火中发现时代,然后生发意义和趣味,那就自成高格"。一方面固然是因为艾可喜他们费了九牛二虎之力都没有能够找到牛,另一方面更因为那个名叫张学而的女县长曾经向全社会公布了自己的电话号码,主动承诺广大百姓"有困难找县长",所以,艾可喜便下定决心要借找牛这一事件验证一下县长到底是不是在公开作秀。出乎艾可喜意料的是,仅仅只是打了一个电话,发了一条短信,对工作极端负责任的女县长就派来了派出所的朱所长和他手下的一个警员小李。为了找到这头失踪的公牛,朱所长他们很是花费了一番心思。早在头一天晚上，他们就专门找到这头公牛的母亲，把那头母牛的声音录了下来。然后，便是寻找过程中在山林里一遍又一遍不厌其烦地播放母牛的录音。到最后，还是在母牛声音的强力召唤下，借助于母爱的巨大力量，找回了被艾可喜视若心肝宝贝的失踪公牛。借助于公牛的失而复得这一细节，李春平相当成功地表现出了县长的信守承诺，以及朱所长和小李他们的忠于职守。这一主题意向，在艾小艺的抖音直播过程中表现得非常突出："在她的'乡村故事'中，艾可喜意外丢牛、县长部署找牛、警察现场找牛、公牛下山回家、县长和艾可喜的短信交流等几个内容连贯的抖音视频，被抖音爱好者频频怒赞并疯狂转播。他们留言称，好牛遇到好农民，好农民遇到好县长，好警察萌生大智慧，大智慧产生好故事。还有人说，这是抖音中的极品。"

其三，是女县长对艾可喜家的主动来访。在找牛故事的基础上，女县长张学而不仅以短信的方式主动表示要到艾可喜家看一看，而且还特别强调要在他家吃一顿晚饭。更进一步说，这一部分不容忽视的细节有二。一是通过和艾可喜的交谈，在充分了解乡村生活状况的前提下，张县长宣布，县里决定要在各镇设立"三农"问题观测点，艾可喜家就是理想的观测点之一。再一个是张县长她们一行人虽然无偿地在艾可喜家讨扰了一顿晚饭，但她本人却掏自己的腰包买了一部华为手机送给了爷爷,不仅没有占农民的一点儿便宜,而且还以物超所值的方式给予了必要的补偿。

其四,是借助于家里的监控设施数次发现有一辆可疑的卡车专门在夜晚向月河里倾倒东西。爷爷自作主张地向张县长反映情况后,市县两级环保局以及公安局的相关执法人员很快来到他们家"提取监控视频证据":"他们说,张县长给他们提供了向月河里倾倒垃圾和工业废水的监控视频,县长要求他们掌握更多的第一手材料,由公安部门负责调查车辆来源和涉事单位,将依照环境保护法,坚决查处,绝不手软。他们对艾家安装监控和提供视频的做法表示感谢。"借助于主动提供监控视频这一情节,作家意欲凸显出的,是新时代农民环保意识已经普遍觉醒的基本事实。

不管怎么说,在一个篇幅相对有限的短篇小说中,李春平能够紧紧抓住以上四个方面的关键性情节,借助于艾可喜家这样一个农民家庭,以家庭镜像的方式呈示新时代的中国乡村故事,其思想艺术的敏感无论如何都值得肯定。但与此同时,有一个需要提出供李春平进一步深入思考的问题就是,在阅读他这个短篇小说的故事中,我总是多多少少能够读出一些"十七年文学"的感觉来。如此一种情形,到底是值得肯定,还是应该有所警醒,我愿意和李春平一起共同面对并思考这一问题。

第三章　物理人情、青春回望与现代性书写

我们的话题必须从叶兆言的一次研讨会说起。那次研讨会上,在谈到作家与城市之间关系的时候,我曾经强调:"现当代文学创作有两大脉络,一个是乡村书写,一个是城市书写,我主要从城市文化书写来谈叶兆言的独特意义和价值……从这个角度来衡量,我觉得叶兆言就是一位南京的书写者,我不愿意用'南京'这个词,而是更愿意用'金陵'这个词。不管是叶兆言的小说还是散文,更不必说长篇非虚构作品《南京传》,都一直在书写他的金陵。要找一个南京书写或者金陵书写的代表性作家,恐怕非叶兆言莫属。在这一点上,是不是可以把叶兆言称为'叶金陵'?""叶兆言是中国当代少有的带有名士风度的作家,他的作品充满了'旧'的意味。'旧'味儿并不是'陈旧'的'旧',他这个'旧'带有'雅'的意思,以旧为新,骨子里他是一个带有特定历史时期的精神气质、文化气质的作家，这在中国当代作家中并不多见。所以读他的作品，总会让我联想起杜牧那句很有名的诗'南朝四百八十寺，多少楼台烟雨中'——用这句诗概括叶兆言的创作，大概能传达出他想要表达的一种历史的、人性的、生命的苍茫的、苍凉的感觉，穿透历史的风雨，看（勘）破人类存在的一些东西。"①无论是南京书写的延续也罢，还是作品中那种带有一定名士风度的"旧"气也罢，叶兆言这部聚焦历史变迁的长篇小说《仪凤之门》的问世，再一次证明了笔者以上的看法所言不虚。

所谓"仪凤之门"，指的就是那座一向被看作是城市后门的南京北大门仪凤门。正因为把仪凤门征用为小说的标题，所以，在"楔子"部分，叶兆言首先开宗明义地以极其简洁的笔触概述了从作为明代南京十三个城门之一的仪凤门的最早出现，叙述它在明清两代数次被堵被毁的情形。如此一种情形，一直延续到光绪二十一年即公元1895年。那一年，"两江总督张之洞重修仪凤门，把炸开的城墙重新补好，还修了一条路，这就是名噪一时的'江宁大马路'。江宁大马路是中国历史上第一条官家出钱修筑的现代化公路，它从江边的下关码头出发，穿过仪凤门进入南京城，

---

① 莫言等《文化记忆与城市传奇》，载《作家》杂志2021年第4期。

循着往日的旧石板路，直抵总督衙门，与城南最热闹的夫子庙联系在了一起。当然修这条大马路，不是为了方便老百姓出去，而是要让外面的人能够进来，南京的下关开埠了，开始允许外国人进来经商做生意。"这一段文字的关键处主要有二。其一，意在强调与仪凤门的重修紧密相关的这条江宁大马路是中国历史上第一条官修的"现代化大马路"。"现代化"三个字，非常重要。其二，与江宁大马路的修筑紧密联系在一起的，是南京下关的开埠，一种难能可贵的对外开放。当然，一种显在的事实是，对已经完成了大部头著作《南京传》的作者叶兆言来说，"楔子"部分的如此一番事关仪凤门与江宁大马路的梗概式介绍，毫无疑问是轻而易举的小儿科。我们都知道，叶兆言的《南京传》，从公元211年孙权迁都秣陵写起，一路沿着东吴、东晋、南朝宋、齐、梁、陈、南唐、明、太平天国、中华民国的更替顺序，一直写到1949年的百万雄师过大江，以极其翔实的史料与精准的文笔，书写了南京这座长达一千七百多年历史的城市的兴衰荣辱。在文学的范畴中，它应该被看作是一部优秀的长篇非虚构文学作品。如果逾越文学范畴的局限，将其放置到一个更大的范畴内考察，或者我们也可以把《南京传》干脆就看作是一部带有信史性质的史学著作。不知道其他人的感觉如何，反正我自己的一个判断就是，如同《南京传》这样同时兼备史学与文学双重价值的著作，倘若舍却叶兆言，其他人未必能写得出。之所以要特别强调这一点，是为了充分凸显长篇小说《仪凤之门》与《南京传》之间不容分割的内在关联。但在讨论这一问题之前，首先需要注意的，却是小说的命名问题。那就是，南京北大门的名字明明叫作仪凤门，叶兆言却为什么非得在三个字之间嵌入一个"之"字，将其变为"仪凤之门"。尽管不知道叶兆言命名的具体动机何在，但在我的理解中，如果说"仪凤门"是南京城一个实实在在的城门名字，那么"仪凤之门"的具体所指虽然同样是那座城门，但却似乎更多地赋予了仪凤门一种作为历史见证物的人格化特征。所谓"仪凤之门"，就是那座叫作仪凤的城门的意思，意在强调仪凤门作为一种人格化的存在见证着南京城一段跌宕起伏历史上的风风雨雨。在对《仪凤之门》的命名方式进行如此一种辨析的基础上，需要特别强调的一点就是，某种程度上，长篇小说《仪凤之门》完全可以被看作是《南京传》的副产品。如果没有《南京传》，就不会有《仪凤之门》的生成。尽管在《南京传》之前的叶兆言，也一直以书写南京为己任，但只有在对南京城的历史进行透彻把握的前提下，才可能产生创作《仪凤之门》的理性自觉，恐怕也是无法否认的一个事实。当然，换个角度说，我们也可以把《仪凤之门》看作是《南京传》的一种小说版，只不过叶兆言只是撷取了南京漫长历史上从1907年（虽然"楔子"部分张之洞重修仪凤门以及建筑江宁大马路的时间是1895年，但到了小说的正文部分，故事正式开始的时候，时间已经到了慈禧太后驾崩的前一年，也即1907年）到1927年这二十年的一个片段而已。也正是着眼于这一点，一种具有相当可信度的结论就是，《仪凤之门》其实有着双重的主人公并存。如果说常规意义上的主人公是杨逵，那么，另外一个非常规意义上的主人公，就是南京，或者更精准地说，就是南京这个主人公现代性的发生与发展过程。因为从晚清到民国政府1927年定都南京，恰是南京现代性生成与发展的关键时期。又或者，如果我们从艺术结构的角度来考察，那么，《仪凤之门》中很显然存在着两条或隐或显的结构线索彼此缠绕交叉发展这一现象。其中，显性线索毫无疑问是杨逵个人在一段历史中的沉浮，隐性的线索则是南京城的现代性问题。这里，我们先来看南京的现代性这条线索。

只要稍加留心，我们就可以在整部《仪凤之门》的叙事间隙里时时处处发现那些与现代性紧密相关的蛛丝马迹。比如，小说正文部分的开头，就相当耐人寻味。这个开头，与"楔子"的结尾部分，显然有着一种情节上的承接关系。"楔子"的结尾部分是："同一年（指1895年），仪凤门重修完工。南京城的后门再次打开，这时候，有一个叫朱老七的中年人，说着一口安徽话，拖儿带女，在仪凤门的城门口开了家棺材铺。当时附近居民也还不多,有了这家棺材铺,人渐渐多了起来。"第一章的开头部分则是:"这些故事开始的时候,离仪凤门不远的一家棺材铺门口,一架老式手摇唱机,正反反复复播放一段京剧老生唱腔。"这段老生唱腔是著名的《沙桥饯别》。与此相关的叙事段落是:"手摇唱机是隔壁一家杂货店老板家的,有一种特别的沙沙声,当时也算稀罕之物。"实际的情形肯定并非"也算稀罕之物",如果考虑到那个时候还是晚清时期,在当时能够拥有一架老式手摇唱机,其实应该是非常稀罕的一件事物。尤其值得注意的一点是,叶兆言在这里巧妙地把这架老式手摇唱机与古老的京剧段子并置在一起,所传达出的某种潜在深意就是,如同中国这样古老的国度,竟然也出现了如同手摇唱机这样的现代性器物。与这样的开头相映成趣的一点,是这样的一种描写。那是在杨逵受仪菊之雇在码头迎接她哥哥振槐一家的时候:"因为听过振槐给仪菊的介绍,杨逵对这几个人的关系,很快有了初步了解,让他感到奇怪的只是,一身时髦打扮的仪菊,一看就是一个新派的女士,却有着一个衣着非常古板、说话极度保守的哥哥。"仪菊这样的新派女士与振槐这样的社会遗老并置在一起,正如同手摇唱机与京剧唱腔的并置一样,也是那个特定时代的社会景观。很大程度上,这样一种对比极其鲜明的景观,也只有在现代性刚刚萌生的时候才会形成。唯其如此,作家紧接着才会写出这样一段多少带有一点议论性的叙事话语:"此时还是在晚清,北京皇宫里的那位慈禧太后,还得再过一年才会驾崩。随着开埠通商,南京城的衣食住行,完全融入了现代因素。江边的下关码头,码头附近的大马路,不能与上海租界相比,开放程度也是相当可观。"是的,作为位于长江中下游地区的一座重要城市,南京的情况虽然不能与拥有长江入海口的上海相提并论,但相对来说,这座城市仍然是中国较早发生现代性的地区之一。具体来说,也正如同上海的租界地区一样,具体到南京城,能够最早接触并体现现代性的地区,肯定是下关码头、仪凤门,以及那条江宁大马路。叶兆言的笔触之所以要重点聚焦这个地区,根本原因正在于此。然而,需要提请注意的一点是,叶兆言在《仪凤之门》中对南京现代性因素的书写,往往会与故事情节的演进紧密结合在一起。

比如,那位曾经一度有可能与仪菊发生紧密关系的手持宗主国英国护照的澳大利亚人史蒂文斯:"史蒂文斯是澳大利亚人,当时澳大利亚还没独立,属于大英帝国,因此拿的是一本英国护照。"史蒂文斯出生于第一次鸦片战争发生的1840年,但南京的开埠却与1858年的第二次鸦片战争有关:"这一次是《天津条约》,根据这个条约,长江流域'俱可通商',也就是说南京要'安置埠头,为通商之所',像上海外滩那样,像镇江、九江、汉口的租界那样,为全球开放通商。"问题在于，一贯就没有现代契约精神的清政府，总是一再尽可能地拖延，一直拖延到四十年后，才在下关那里正式开埠。那个时候，时年已经五十八岁的史蒂文斯，已经在中国这个古老的国度闯荡多年。下关开埠，"史蒂文斯成了金陵关税务司的首任掌门人，这是非常肥的差事，掌门人是洋人，其他的重要职员，也都由外国人担任，所有公文来往，都是用英文"。由于史蒂文斯的妻子来中国的时候，身体状况已经非常糟糕，所以，身为他家庭秘书的新派女士仪菊，差一点成为史蒂文斯的继任妻子。情况到最后之所以会发生变化，主要因为仪菊结识了彭锦棠："没想到世事难料，又好像一切早就安排好，就在这时候，仪菊遇到了彭锦棠，彭锦棠遇到了仪菊。两个人在一次聚会上不期而遇，缘分突然就起了作用，他们一见如故，他们一见钟情。"既如此，也就没史蒂文斯什么事了。但请注意，正是借助于史蒂文斯的相关书写，叶兆言精妙地切入了南京现代性的主题内涵。

比如，与南京现代性紧密相关的杨逵他们那个"三仁货栈"的出现。首先是大的历史形势的叙述与交代："正是在这期间，上海到南京的'沪宁铁路'开通了。火车站就设在下关，从此人们去上海，不仅可以在下关乘船，乘江轮，还可以在这儿直接坐火车。几乎就是在同时，通往市内总督府的'宁省铁路'也修好了。杨逵他们亲眼见证了它的动工，眼见着有人在修铁路，眼见着有人在修火车站，又眼见着突然就通车了。小火车呼啸着开过来开过去，这是中国城市历史上第一条轨道交通。从此，上海坐火车抵达南京，可以在下关转乘小火车，以最快速最便捷的方式，进入市区。"火车也罢，被称为"小火车"的市内轨道交通也罢，毫无疑问都是现代性的标志物，它们在南京，在下关的出现，当然是现代性发生的症候。很大程度上，正是这些新生事物的出现，带动了下关地区的迅速发展，使其很快繁华起来："晚清最后的那几年，下关地区的发展，让人目瞪口呆，让人震撼惊骇。此地繁华程度，很快可以与南京城内任何一个热闹区域相媲美。"关键的问题是，伴随着下关地区的日益繁华，杨逵他们的黄包车生意却因此而遭受沉重打击，以致不得不另谋生路："从下关进城，可以选择通往市区的小火车，也可以乘坐成泰马车公司的马车，不管是小火车还是马车，都比黄包车更受人欢迎。黄包车生意一落千丈，杨逵他们最后也不得不跟着改变，不得不抓住机会，看准了时机，变'三仁车行'为'三仁货栈'。"尽管说在这个过程中，也还有炳哥的因素在发生作用，但从根本上说，"三仁货栈"的出现，乃是为下关地区或者说南京城现代性的趋势所逼迫的一个结果。

诚所谓"物理人情"者是也，坚实物质基础的打造仅仅是小说成功的一个方面，"物理"之外，更有一个由各种关系网络串联沟通起来的"人情"世界需要作家予以悉心的关注与表现。无论如何，建立在深刻人性洞察基础上的人物形象的刻画与塑造，是衡量评价小说这一文体优秀与否的重要艺术标准之一。洋洋洒洒四十余万字的一部《燕食记》，举凡荣贻生荣师傅、五举山伯、七少爷向锡堃、颂瑛、叶七、向太史、向锡允、荣慧生、河川守智、宛舒、戴凤行、明义、司徒云重、谢醒、戴得、露露等一众人物形象，都有其各自的可圈可点之处，令人印象深刻。由于篇幅所限，这里只能择其要者展开相应的理解分析。但在具体展开我们的讨论之前，无论如何都不能不提及的一点，就是非虚构因素在《燕食记》这部时间跨度差不多长达百年之久的历史小说中一种隐而不彰的存在。而这很显然也就意味着，虽然从总体上说，《燕食记》是一部想象虚构的长篇小说，但其中的若干人物，却也是历史上的一种真实存在。比如，那位太史第的主人向太史。查阅百度百科，有江孔殷的一个词条，说他是晚清官员，美食家，广东名菜"龙虎斗"，即由他创制而成。少年入万木草堂，不仅师从康有为，而且在1895年参加过"公车上书"这一重要历史事件。以文才而名世，曾经与刘学询、蔡乃煌、钟荣光一起并称为清末广东文坛的"四大金刚"。出于与小说进行比照的需要，江孔殷生平之值得注意处还有以下几点：一是妻妾众多；二是抗战期间曾经拒绝出任敌伪维持会长；三是著有《太史蛇羹》；四是其子江誉镠也被称作南海十三郎,为粤剧编曲名家。与历史上这位真实的江孔殷形成文本呼应的,是《燕食记》中关于向太史的若干介绍性描写:"如今主人,清末中进士,点翰,人称太史。少年师从康有为,参加过公车上书。辛亥革命以还。失意宦海,索性隐居于乡,以诗书饮食自娱。因承继祖上基业,且有外洋烟草公司的代理之职,故也安于富贵逍遥。关于这位太史公,民间有许多传说,大约最为人津津乐道,是他一房接一房地娶老婆。"饮食方面,太史第一向以"太史第蛇宴"而闻名于世。向太史的儿子,也即七少爷向锡堃,是享誉粤剧界的著名编剧。到了抗战爆发后,为了不做敌伪维持会长,向太史自己也被迫避居香港。由以上这些比照的内容可证,《燕食记》中向太史这一人物形象的生活原型,肯定是江孔殷无疑。与此同时,既然向太史实有其人,那么,与他相关联的七少爷向锡堃,作为一名粤剧的编剧,也有其真实的生活原型。再比如,荣贻生荣师傅的师父叶七(叶凤池)。关于叶七也即叶凤池,小说中的叙述是:"关于叶七这个人物,为了还原他的音容,我查了很多资料。然而,在这资料的瀚海中,他的面目反而更为扑朔。甚至关于他的名姓,也众说纷纭。有写他做叶凤池的,亦有叶凤迟,在《广粤庖曲》里,则载为叶凤驰,不知是化名,还是为了避讳。"然后是来自《石城县志》上的相关说法:"叶凤池行七,少敏于学,然无心功名,志亦不在陶朱事业。勤武艺，并好庖厨。弱冠之年，入三点会，职'流涉'。……"后来，在三点会发动的以反抗清廷为宗旨的起义失败后，"叶氏秉周之遗志，将三点会化聚为散，兴行会之名，以抗清廷。其以穗上名肆'得月阁'大按之身，于岭南各处结社，声震庖业。辛亥以降，洪门因时分崩。叶氏以道不同，淡出江湖，匿迹于粤广，后其踪鲜为人知"。一方面，我必须承认，尽管已经想方设法通过百度百科等方式查找叶七也即叶凤池的相关资料而不得，但在另一方面，却也不能不强调，因为三点会曾经是历史上一个真实的存在，而且第一人称叙述者"我"在叙事过程中也还进行了那么多言之凿凿的"严肃考证"，那么，叶七叶凤池其人原型存在的可能性就非常之大。退一步讲，即使叶七叶凤池其人的确出于虚构，如同三点会和司徒家族的益顺隆瓷庄的民间抗日行为，却也是不容置疑的客观历史事实。事实上，特别强调人物和事件真实性的所谓非虚构，某种意义上也不过是作家用来企图抵达文学真实的一种艺术手段而已。从极端的角度来说，早已明显打上了作家主观性印记的非虚构，根本就不可能成为真正意义上的非虚构。就此而言，想象虚构也好，还是非虚构也罢，都只能被被看作是作家所使用的一种艺术手段。我们在这里之所以要特别强调葛亮在《燕食记》中征用了若干非虚构因素，也不过是为了更加充分地证明作家写作态度的极端严肃与认真。

进入我们分析视野的,首先是河川守智这个很是有一点人性深度的日本人形象。在中国宣称自己是"赵守智"的河川守智,是一位心思特别缜密而且也很是有些自负的日军"谷机关"的高级间谍。或许与自己所从事的职业有关,身为高级间谍的他,"不喜欢血肉横飞的战场,而更倾向暗潮涌动的博弈"。唯其如此,所以特别自负,发生在慕众大厦那一场致使同僚谷驰润一郎遇刺的爆炸案,使他耿耿于怀,无论如何都不肯原谅自己的"失智"行为。特别擅长于抽丝剥茧的他,在嗅觉灵敏地感觉到得月阁极有可能与益顺隆的司徒家族有内在关联的前提下,他便以赵守智的身份通过得月阁的阿响也即荣贻生,想方设法混进了早已变成一座空宅,只剩下七少爷向锡堃一人独力支撑着的太史第。多少有点出人意料的是,河川守智竟然能够清楚地意识到太史第的潦倒和自己国家之间的关系:"再想不到的,是它的败落,只剩下了一个大而无当。他很清楚,这与他的国家所带来的时势变局相关。"(当然,与太史第在抗战时期的百般寥落相比较,更加令人耐人寻味的一点是,等到后来进入一个全新的社会和时代之后,不仅整个太史第荡然无存,而且连特别怀旧的荣师傅试图想要掏钱买回太史第的旧物,也即那一扇金漆屏风也都不再可能)小说中关于河川守智这一人物形象的描写,有两个细节不容忽视。其一,是河川守智曾经自告奋勇地票了一折《告雁》:"这折'一场干',是须生看家戏。告雁而不见雁,思我而忘我。雁却由意而行止,不留一痕,又无处不见。虚虚实实,实实虚虚;雁于苏武,如心独白。'渴饮月窟水,饥餐天上雪。'一鞭在,羊在。一人在,雁在。叫雁数次,雁飞,起落,盘旋,由唱者手眼引导,于观者心中。无中生有,无胜于有。"或许与作品中的一些人物尤其是七少爷的身份设定有关,葛亮在《燕食记》中穿插了不少戏曲唱词。但正如你已经料想到的,葛亮不仅没有采取随便的态度,反而特别注意到了戏曲唱词和小说文本二者之间是否有机相契的问题。即如此处,之所以一定要安排河川守智选唱讲述苏武牧羊的《告雁》这一折,显然是考虑到了当年的苏武被夹杂在汉和匈奴之间,与抗战时期河川守智夹杂于日中两国之间的处境,有着不容否认的历史同构性。细细品味这个段落,一方面,我们固然惊叹于葛亮竟然能够以如此洗练明快的文字,或二字,或四字,极富节奏感地完成了关于河川守智表演场景的叙述;另一方面,所情不自禁联想到的,却是苏武与河川守智这两位人物叙事上的对位与心理上的同构。其二,或许是由于成天价和七少爷向锡堃、阿响荣贻生他们几位厮混在一起,浸淫日久,拥有非同一般定力的河川守智竟然会在恍惚之间生成某种强烈的自我分裂感觉:"可就在这寻找的过程中,或者旷日持久,他发现自己渐投入于赵大哥这个角色。甚至在这些青年亲热地唤他时,竟有些享受。就在刚才,他用天生外翻的右手,艰难而熟练地举着琴弓,奏罢一曲《鸟投林》。这些青年,看着他的手,没有嘲笑和同情,只有钦羡,甚至是一种可称为挚爱的神情。爱,这个字眼,离他非常遥远。"原本是名叫河川守智的日本间谍,不仅逐渐地投入"赵大哥"这一角色之中,而且还很是有些享受。如此一种情形,当然是河川守智精神上的一种自我分裂。难能可贵的是,在揭示自我分裂也即探询"我是谁"这一重要命题的同时,葛亮也更是进一步写出了导致河川守智自我分裂的深层原因,乃是由于他生命过程中"爱"的匮乏与缺失。因为身有残疾,长期以来,即使在自己家里,他也难以得到相应的理解和足够的尊重。没想到,所有这些,却出人意外地在七少爷和阿响他们这里获得了。尤其值得注意的,是葛亮的用词。所谓"没有嘲笑和同情","嘲笑"当然要不得,廉价的"同情",其实也一样要不得。无论是嘲笑,还是同情,都谈不上是对一个残疾生命充分的理解和尊重。换个角度来说,也正是借助于自我分裂这一细节,葛亮在一种精神分析学的层面上强有力地揭示了深隐于河川守智内心深处那种自卑的精神情结。很大程度上,正是来自向锡堃和阿响他们那足够的理解和尊重让河川守智心念一动:"刹那间,他的心蓦然松软下来。他忽然闪过一个念头,我为什么不是真正的赵大哥?""赵大哥,一个落魄的中国北方人,一个工厂襄理,哪怕只是一个怀才不遇的琴师。"不管怎么说,当河川守智的内心世界特别认同"赵大哥"这一角色的时候,一种自我分裂的事实就已经实际形成。尽管河川守智并没有因此而迷失,但却还是因此而生出了一种及时的警醒。如此一番必要的警醒之后,河川守智复又记起了自己肩负的使命。由阿响带来的月饼,让一直深陷于迷惑茫然中的他,终于可以在得月阁和太史第之间建立某种联系了。倘若假以时日,凭借河川守智那非同寻常的缜密思维能力,也许真的可以"亲自揭开事情的隐秘",为他自己心目中的日本帝国建立功勋。想不到的是,正所谓人算不如天算,或者冥冥之中自有定数,到最后,这位心思缜密、足智多谋的日本间谍,竟然无意间死于阿响那使用了微量天山岩盐的莲蓉月饼:"河川,死于极其微量的天山岩盐。其中的矿物质,对普通人可能会被作为所谓营养而吸收。但在他体内,遭遇蛰伏的毒素,星星之火,便成燎原之势。"也注意到这个时候,阿响才从七少爷向锡堃那里了解到河川守智的真实身份:"阿响听到锡堃说,日本人……方才,他功架里有两个动作,是能剧里的。"一方面,河川守智的自我分裂,固然在说明着他的某种人性真实,但在另一方面,此人警醒后依然忠于职守,所说明的乃是国族意识在他身上的牢固沉潜。

然后,是那位一生都为情所困的七少爷向锡堃。需要指出的是,这情绝不仅仅只是男女私情,更有父子情、朋友情、家国情。拥有戏剧表演天赋的向锡堃，打小就是个戏迷。在阿响的记忆中，年仅十岁的他就可以少年老成地以一个人分饰两角的方式演出《凤仪亭》："阿响看七少爷，在后厨稀薄的昏黄灯光中，无声地唱，一人分饰两角。脸上有一种与他的年龄不相称的成熟，与方才的天真判若两人。他看得有些呆住了，也不由得为他的表演所吸引。这是一个让他陌生的堃少爷，大概因为融入了角色，在他作为一个孩童的眼光，并不输任何一个在广府当红的老倌。他禁不住鼓起了掌。"从根本上说，正是因为七少爷向锡堃有着非同一般的戏剧天赋，所以，等到若干年后阿响和他在广州再度重逢的时候，他已经成了一个名头很响的粤剧编剧："音姑姑点点头，只有他一个人回来了。他在港大读了一半，没毕业，在当地参加了一个剧团。这几年做编剧，在粤港名头很大，叫杜七郎。"到后来，通过和七少爷的一番交谈，阿响才搞明白他到底为什么一定要把自己的艺名叫作"杜七郎"。却原来，"杜是我娘的姓"。这"杜七郎"三个字背后所潜隐着的是七少爷内心无法释怀的精神情结。母亲生下七少爷不久就撒手人寰，她的缺位却成了向锡堃内心永远的痛。已经在粤港一带闯出名头的七少爷，之所以一定要在日军已经侵占的情况下执意从香港返回广州，一人独守空荡荡的太史第，全都是为一个"情"字所困。却原来，"情种"七少爷一心所系的那个人，不是别人，正是曾经和他朝夕相处，对他百般怜惜的大嫂颂瑛。能够印证这一点的一个细节，就是七少爷一边喝着阿响精心熬制的粥，一边情不自禁地想起了大嫂："想一想，却慢慢搁下碗，说，上次给我煮这碗暖粥的，还是大嫂。"紧接着，"堃少爷索性把筷子一掷，恨恨道，千不提万不提！这么好的人，就算离了太史第，说没有，就当没有了吗？"为什么是大嫂颂瑛，而不是其他人？我们可以从心理学的角度给出相应的阐释。年幼丧母的七少爷，可以说从未享受体验过真正的母爱。在偌大一个太史第，能够填充这份母爱的，恐怕也只有天性善良无比、被迫嫁给已然成为亡灵的向太史长子向锡寒为妻、甫一出嫁就守了活寡的长嫂如母的大嫂颂瑛。时日一久，倒也并非为了呼应弗洛伊德的所谓"恋母情结"一说，从日常情理上揣度，七少爷对大嫂颂瑛产生一种执着的迷恋，却也是合乎逻辑的一种结果。遗憾处在于，由于颂瑛早已心属允少爷向锡允，所以七少爷的这份诚挚感情最终也只能是"剃头挑子一头热"，只能是"一世都走唔甩"，万般无奈地孤身一人度过坎坷一生。除了对大嫂颂瑛的这份感情，七少爷的父子情主要体现在他惊闻父亲不幸去世的消息之后。这一点，在荣贻生和司徒云重的一番谈话中即有专门的提及："你说当年，少爷在宝莲寺里，给鬼佬讲佛经，我远远看着，精神已经好了不少。要是我不急着找到他，报老太史的丧，他不是魂不守舍，怎么会从火车上摔下来，何至于是现在这个样子。"质言之，七少爷到晚年之所以会陷入一种时而糊涂、时而清醒的精神疯癫状态，与他对父子情的特别看重紧密相关。朋友情，则集中通过他和徒弟宋子游之间的关系而得以凸显出来。正因为他们之间有着数十年志同道合、亦师亦友的情感关联，所以，在获知宋子游不幸亡故的消息之后，七少爷的表现才会是那样的如丧考妣："荣师傅也愣住。没等他回过神，锡堃便哭了起来，开始是哽咽，忽然，哭得惊天动地。后厨的人都出来了，围成一圈看。看这不知哪里来的癫佬，站在茶楼大堂的中央，哭得像个孩子，不管不顾。荣师傅慢慢走过去，将手放在锡堃肩头。那手也随着肩膀剧烈抖动。他心下一震，便将锡堃抱住了。荣师傅抱住他，闭上眼睛，觉得怀里的人，怎么这么薄，全是骨头。那时候，是个温暖厚实的后生啊，如今，怎么像片落叶似的薄。"如果彼此间没有那种真切而深刻的感情寄托，就肯定不会有宋子游亡故后七少爷的这种激烈表现。情感的表达之外，应该注意的，是葛亮语言的那种惊人表现力。仅仅是用了一个"薄"字，作家就已经把七少爷晚年时那种骨瘦如柴的身体状况生动形象地表现了出来。当然，说到七少爷的"情"，无论如何都不容忽略的，还有他那深厚无比的家国情怀。这一点，突出不过地体现在抗战期间，关键性情节有二。一是在家国沦丧之际，身为编剧的他，总是一心想着能够写出足以鼓舞抗日将士士气的剧作来。二是，七少爷的确言必行，行必果，到后来，果然携同厨师阿响一起，参加了余汉谋的军队，以实际行动投身到了抗战第一线。身为读书人的粤剧编剧七少爷，身为厨师的阿响，他们两位能够毅然参军，舍生忘死地投身到抗战第一线，以各自的方式为抗战做贡献，所充分凸显出的，正是他们身上那种坚定不移的牢固国族意识。

尽管王蒙自己并没有做出过明确的表达，但依据笔者对他小说创作的总体了解，再结合《从前的初恋》这一小说文本的具体情形，基本上可以断定，作家的写作初衷是要呈现1950年代共和国初期那如火的青春岁月里的一段爱情故事，虽然不无淡淡的忧伤，但其主旨却毫无疑问是要真诚地礼赞那个时代的社会生活。但我们在其中读出的却是在一种社会政治特别强势的状态下，爱情、生活与社会政治某种复杂的缠绕情形。故事是从年轻的"老革命"刘夏与来自女六中的学生干部凌蕊园1952年1月31日在区节约检查工作组的意外重逢开始的。那一天晚上，由于工作过于繁忙，等刘夏回到办公室的时候，已经是次日凌晨一点多了。由于没有来得及吃晚饭，同志们给他留下的馒头和熬白菜已经冰凉，他只好准备就那样不管不顾地把饭菜吃下去以便填饱早就在咕咕叫的肚子。但也就在这个时候，他突然听到了一声充满着"快乐"意味且又不失"孩子气"的叫喊:"刘夏同志!"却原来,发出"快乐"喊声的,是他此前曾经有所接触的女六中高中一年级的党员、学生会主席凌蕊园。在简单地交代了自己为什么会出现在刘夏面前的事由之后,眼看着摆在刘夏面前的冰冷饭菜,她便自觉地承担了给饭菜加热的使命:"她到文件柜中拿出了她自己的白地红花的搪瓷缸子,不管我的阻止,把熬白菜倒进去,挑开炉顶中间的圆盘,把搪瓷器具放入火炉,立即,冒出了白菜的热气与香味。"接下来,在吃饭的同时,作家便让刘夏简单地回顾了一下他所了解的的凌蕊园这个特殊学生的履历,一个相应的结论就是:"这样的党、团、队、学生会贯通的学生干部,似乎再没有第二个人。"再接下来,便是一种有意无意之间的相互比较:"为什么要把她调到区委来呢?这里并不是适宜中学生度寒假的地方。虽然她是党员,而且我知道她比我大一岁,但是我认定她还是孩子。不,不要和我比,我不是,我没有童年,没有少年,我只有革命,再革命,革一辈子命的命。"看似只是关于年龄与革命资历的一种较劲,但叙事话语中间所流露出的,却是刘夏某种自己也未必能察觉到的精神优越感。就这样,由于尚是高中一年级学生的学生会干部凌蕊园被临时借调到区节委办工作,此前曾经有过交集的刘夏与凌蕊园之间便开始了一段若即若离的交往过程。又是在一起唱歌,又是彼此围绕年龄大小展开的"较量",再加上诸如借书这样的小细节,以及"我每天晚上开会回来,总去看看她,怕打搅她的工作,就站在旁边,烤一烤火",就这么一来二往的过程中,心思细腻敏感的刘夏不仅发现了自己心理的微妙变化,而且还把它不无详细地记在日记中。那是2月13日,一个雪天:"我闻到了雪夜的一种醉人的气味,清爽而又洁净。有雪花本身的潮湿,有从人家烟囱里飘出的木柴和炭火气息,似乎也有晚饭的暖和与亲切。吃饱晚饭和为次日的早饭午餐准备好食材的人是多么有福气!还有小凌的发香,似乎混杂着颜色深红的中华药皂的香药气。我还感觉到了一种能够把所有的这些冬天的抵御寒冷的生活味道糅合起来活跃起来的类似早秋的莲荷的味道,我相信它是从天空降落下来的,只有雪天才闻得见。或者,对不起,不好意思,会不会它是从小凌身上散出来的香气呢?啊,我脸红了,心跳了,我低下了头。"从表面上看,刘夏似乎的确写到了那么多的味道,但其他味道的书写,实际上都是某种铺垫,都是为了引出凌蕊园身上的发香,或者干脆就是她身上散发出来的一阵香气。要知道,只有在彼此靠得很近的情况下,才可能闻到彼此身上的味道。因为这个时候的刘夏正在和凌蕊园一起散步,所以,一种可能性极大的猜测,就是他们俩肯定靠得比较近。还有就是,此前的刘夏去看凌蕊园时,也会"站在旁边",但为什么只有到大雪天散步的这个时候才突然闻到了凌蕊园的发香乃至身上的香气?也因此,一种令人信服的结论就是,大概从这个时候开始,刘夏内心深处便对凌蕊园萌生出了朦胧的爱意。很大程度上,正是如此一种朦胧爱意不期然间地萌生,一下子就改变了刘夏的精神状态。请看在2月15日中午和夜里先后记了两次的日记中的相关内容:"为什么我这样骄傲、幸福?起床的时候恨不得喊几句口号,庆祝充实忙碌工作日的开始。""我好像有了一种神奇的力量,在紧张的工作生活里,不觉得一丝疲劳,而且我盼着做更多更多的事情。"事实上,也正是在如此一种内在情感力量的强力催动下,从来都没有尝试过诗歌创作的刘夏,竟然破天荒地写了一首《我想出去走走逛逛》的诗歌。

但也就在这个时候,寒假结束了,在没有当面打招呼的情况下,凌蕊园匆匆归校,临行前给刘夏留下了一张纸条:"我走了,再见。书还没有看完,先不看了,谢谢你。区委会真是个伟大的、难忘的地方。蕊园,午后。"如此一张小小的纸条,尤其是最后的署名方式,顿时让刘夏激动不已:"我一遍又一遍地看着这两行字,从这几十个字里,感觉到她的亲切、成熟和朴素。还有,我能不能说呢?我深深地有了一种感觉叫作亲近。亲近,就是又亲又近。"也正是从这个时候开始,由于突然间的分别,刘夏一时陷入了对凌蕊园狂热的思念之中。他几乎走着站着,白天黑夜,都在无时无刻地思念着凌蕊园:"这个世界有了一个笑容,到处是她的喜兴。这个世界有了一个声响,到处是她的声音。这个世界有了灵巧与清澈的目光,到处都有对你的关注。""几天来,无论什么时候,都想着凌蕊园。""我想她。在火一样的'三反'运动中,我们的心不知不觉地连在一起。饭后三言两语,午夜短促问候,成为艰苦的生活里最宝贵的相互鼓舞和慰安。而我们之间的了解,也好像超过任何长期共事的朋友。她走了,就走了吗?我们长久地见不到面,她念书,我工作,'因公联系'的时候握一握手,是这样吗?"看到长安街上人们在排着长队买电影票,"这时又想起了一直萦绕在心里的凌蕊园,对了,与她一起看一场电影该有多么好!如果和她一起看电影……""还没想下去,这幸福已经使我受不了了。""这是为什么呢?我想着的老是凌蕊园。""紧接着,也许是同时,谁知道那一刹那,万种心思的出现次序呢?三个星期以来,和凌蕊园相处的记忆,像闪电一样迅速地从心中展示,相见、白菜汤和大火炉、瓷缸子、歌——东北风,莱茵河寂寞而幽静,颤抖和微哑的嗓音,第一次散步,胡同口打冰出溜的小孩子,直到最后'告别'的纸条,她在条上写:谢谢你,她的署名并没有写姓,这很重要……十八年来第一次有女生给我写信只签名字,没有写姓,这很重要,我要为之泪下。"好的,到此为止吧,不再抄录了。但我相信,以上的这些抄录,已经足以形象而生动地传达20世纪

50年代共和国初期一代少男少女那特别纯真美好但却不失幼稚的初恋心理。一个少年对一个少女的由衷思恋，一直到今天读来都依然能够打动我们的心灵。既没有拥抱，也没有热吻，仅仅是关于一次看电影的想象，或者一张署名时没有写姓的纸条，就可以让男主人公"要为之泪下"。如此一种情形，大约也只有在那样一个特定的时代与社会语境下才会形成。也因此，即使仅仅是从"真实记录了一代青年纯真的相思"这一点来说，我们也应该感谢王蒙，感谢他的这部中篇小说《从前的初恋》为我们书写了一种生命和情感的真实。

先后两次展读樊健军中篇小说《无尘界》的结果，是我对作者所欲表达思想内涵的某种困惑。虽然说小说的故事情节并不复杂，但在艺术处置过程中却呈现出一定程度上的含混性特点。因其含混，所以困惑。从艺术结构的角度来说，《无尘界》由两条有所交叉的线索组构而成。一条线索主要讲述的是项石立和舒羽这两个年轻人的故事，另一条线索的核心人物则是一位名叫舒全礼的老人。两条叙事线索之所以能够有所交叉，一是因为舒全礼和舒羽之间的祖孙关系，二是因为故事的发生地都是一个名叫苍山的自然风景区。

与救赎这一主题有关的人物，除了舒全礼外，还有他的两个儿子。从舒英和舒雄的命名即不难判断，舒全礼曾经在两个儿子身上寄予厚望（"舒英，舒雄，两个名字合起来就是英雄的意思。他希望他们成为英雄。"),但两个儿子后来的状况却令他倍感失望。按照小说中的交代,现在已然变身为美丽风景区的苍山,过去不仅曾经一度是矿区,而且私挖滥采的现象还非常严重。舒英、舒雄兄弟俩的命运变迁,就与隐藏在苍山里的金矿紧密相关。过分贪婪的舒雄,在淘金过程中开风钻机、凿炮眼、挖矿洞,"恨不得把每块石头里的金子都炸出来,恨不得把苍山给粉碎了"。到头来,自以为死神都会怕他的舒雄,虽然身体没有留下残疾,但却染上了矽肺病这一不治之症。体壮如牛的一条汉子,不到四十岁就去世了。但即使是弟弟已经付出了生命的代价,身为兄长的舒英却仍然没有能够从贪婪的梦想中醒来。他利用在苍山金矿攒下的(其实是舒雄以生命的代价换来的)第一桶金,跑到深圳去开公司,没用太长时间就得以变身为拥有豪车和别墅的成功人士。然而,在父亲舒全礼的心目中,舒英却毫无疑问是苍山的一个背叛者。正是从这一点出发,他才不由得大发感慨:"苍山养大了舒英的身体,养不了他的心,也拢不住他的心。"从根本上说,舒全礼之所以要坚决拒绝在舒英那里长住,一定要回到苍山,守着苍山,正与人物内心深处一种建立在自遣前提上的精神救赎愿望关系密切。只有在时过境迁之后,舒全礼才不无惊讶地发现,原来的自己不仅有着野心家的一面,而且还"偏偏把他的野心镶嵌到了孩子的名字里。野心家是该死的,是罪孽深重的,不是吗?

世界就是被他们搞乱的,搞坏的"。罪孽深重的舒全礼,所选择的自我精神救赎方式,就是固守苍山:"苍山是他的挚友,是他的至亲,是他对抗时光的战友。""唯有苍山不离不弃,陪伴他终老。""它是他最后的救命稻草,是他的诺亚方舟,是他的归宿。"在儿子的深圳豪宅里如坐针毡的他,一旦回到苍山,就如鱼得水一般倍感轻松:"天是蓝的,水是清的,空气是新鲜的。"大约也因为如此,所以,等到后来法国游客向他索字的时候,他才会写下"苍山无尘"这四个字。很大程度上,小说的标题"无尘界"恐怕即由此而来。

与疗伤这一主题有关的人物,分别是舒羽和项石立。舒羽是舒雄的女儿,舒雄因矽肺病不治去世的时候,她才年仅三岁:"对父亲的印象本来就不清晰,现在回想,仅剩下一团模糊的影子。"因为年幼失怙,她便备受伯父伯母的宠爱。舒英夫妇俩不仅把舒羽视如己出,对她的疼爱甚至还要胜过自己的亲生女儿。大学毕业后,他们干脆把舒羽送到法国去留学四年。事与愿违的一点是,舒羽精神创伤的生成,正是在法国留学期间。却原来,到法国后的第二年,舒羽就认识了一个酷爱滑雪运动的华裔男孩。由于家境优渥,他虽然年纪轻轻,却几乎已经去过世界上所有知名的滑雪场。情投意合的他们,一起度过了一段快乐的时光。没想到的是,在冰岛的滑雪场,当他试图模仿滑雪女神奎蒂奎特的动作从直升机上一跃而下的时候,悲剧却发生了。舒羽内心深处的一种精神创伤，就此而得以生成。她之所以不愿意待在法国，也不愿意待在深圳，而是跑回苍山，和祖父厮守在一起，正是为了从根本上治愈这种精神创伤（虽然舒羽曾经刻意强调，"我回苍山无意义"，但愈是如此，便愈是凸显她精神创伤的严重）。项石立是省青年旅游公司派驻到苍山风景区的一个代表。他之所以把苍山或者金山风景区作为自己的选择对象，用他自己的话来说，是受了已逝父亲蛊惑的缘故。从他的童年和少年时代开始，耳中听到的，就是父亲关于苍山那简直就是喋喋不休的各种讲述。项石立内心深处某种精神情结的生成，无论如何都与父亲的喋喋不休脱不开干系。父亲之所以会对苍山念念不忘，主要因为年轻时的他曾经以地质队员的身份有过一段在苍山地区工作的难忘经历。很大程度上，正是为了借助工作之机对父亲当年在苍山的经历一探究竟，项石立才来到了苍山风景区，而且还得以邂逅舒羽这样一位极具个性的美丽少女。然而，多少有点出人意料的是，项石立很是费了一番心机后所打探到的真相，和他的预期差距甚远。事实上，父亲腿跛的真相仅仅是因为工作时的一时不慎而被钻杆砸伤了腿："知道了父亲腿跛的真相后，项石立的内心并没有释然，反而更沉郁了，更惶惑了。苍山该是父亲的伤心之地。父亲在这里没有什么惊天动地的壮举，也没有什么可歌可泣的事迹，有的只是繁重的无休无止的劳动。"但即使如此,由于父亲的一生过于灰暗,在苍山的日子仍然成了他生命中最生动的一部分。虽然并不像舒羽的精神创伤那样严重,但项石立的精神情结得以缓解,也可以从疗伤的层面上得到相应的阐释。

救赎与疗伤之外,樊健军在《无尘界》中还用不小的篇幅来描写舒全礼的拓碑行为。或许是与某种家学渊源的存在和影响有关,舒全礼是一位书法艺术的热爱者。正是从祖父的墓碑在当年的挖矿过程中被乱石砸中断为两截的时候起,舒全礼如同父亲一样开始了自己的拓碑行为。等到他从深圳儿子的豪宅里重返苍山之后,拓碑更是成了他日常生活的一项重要内容。从祖父祖母,到父亲母亲,到儿子舒雄,到家族之外的其他人家,乃至于无主的墓碑,一直到被苍山人顶礼膜拜的苍山公的墓碑,全都成了舒全礼的拓碑对象。他煞费苦心拓下的这些墓碑,最后被编辑成为《苍山墓葬图》,由舒英将其正式印制成书。行文至此,一个不容回避的问题显然是,舒全礼到底为什么一定要拓碑?问题的答案,或许与这样一段叙事话语有关:"父亲拓墓碑是为了书法,他拓墓碑却有着不同的意义,这是祖父的墓碑,也是父亲的真迹。它们是他生命里某个不可缺失的部分,也是他生命之外的延宕和承祧。"事实上,由舒全礼倾其全部心力的拓碑行为所牵连出的,便是舒氏家族在苍山地区长期生存繁衍的故事。

如果我们的理解与分析还有那么一点道理，那么，作家借助于舒全礼的拓碑，以及临近结尾处舒羽对祖父这一手艺的自觉传承，所试图传达出的，很可能就是一种生命延续的主题。

当然，如果我们不拘泥于对人物形象的狭隘理解，那么，这部《无尘界》中潜藏的另外一个与以上这些人物形象相比，同样重要的人物形象，就是曾经被作家以浓墨重彩的方式饱含深情地反复书写的苍山。请一定不能忽视诸如此类的一些描写文字："苍山是有声音的。所有的生命，无不发出属于它们的声音。鸟雀在鸣啭，野兽在长嚎，昆虫在呢喃。欢乐，悲伤，愤怒，喟叹，沮丧，感慨，每种声音都有专属的音质，都有相应的分贝。还有树的声音，草的声音，石头的声音，天上流云的声音，落霜的声音，降雨的声音，阳光在树梢上燃烧的声音……千百种声音汇聚在一起，汇聚成声音的长河。""春日里，苍山如洗，头顶裹着白云，山谷里野樱桃一片绚烂；夏日里，苍山一身苍翠，陡峭的山峰林立，主峰巍然而坐，自有一种高不可攀的傲然；秋日里，苍山层林尽染，色泽丰富，斑斓无尽；最美的是冬天，苍山银装素裹，坦露出一个无比洁净的童话世界。"细读《无尘界》，就不难发现，诸如此类对苍山自然景色饱含深情的生动书写文字，占有很大篇幅。如此一种情形，在当下的小说创作中，其实比较少见。如果说在生态观念变得日益重要的当下中国文坛，已经出现了一种可以称之为自然文学的新生事物，那么，樊健军的《无尘界》这部中篇小说便庶几近之也。

第四章 劳模叙事、情感书写与权力批判

搁笔多年之后,作家水运宪重出江湖,其工业题材长篇小说《戴花》最突出的思想艺术成就,就是成功地刻画塑造了莫胡子这样一位颇具复杂性的劳动模范现象。我们首先应该明白,"戴花"这一小说标题,就与那首曾经一度广为流传的歌颂劳动模范的歌曲《戴花要戴大红花》紧密相关。"戴花要戴大红花,骑马要骑千里马,唱歌要唱跃进歌,听话要听党的话。"这是一首在20世纪六七十年代之交曾经一度广为流传的歌曲,其中所谓胸戴大红花,就是劳动模范的一个显著标志。杨哲民的师傅莫胡子,一个持续了很多年的梦想,就是想要成为一名光荣的劳动模范。这一点,在他第一次邀请杨哲民到家里做客的时候,就已经表现得非常明显。面对杨哲民送给自己和妻子的礼物,莫胡子的表现令人印象深刻:"'这,这,这是劳动模范的奖品啊？'他一把夺过那只杯子，就跟抢过去差不多，'天，劳动模范呢。你看看，好好看看。'他把茶缸上的字指给师母看，'了不得。看清楚了？还是省级劳模呢！'""我真没想到师傅会有那么大的反应。他那喜爱的样子绝不是装出来的，我就有了成就感，非常有把握地把那条白毛巾递到了师母手上。"紧接着，面对来自师母的抢白，莫胡子再一次明确表达自己内心对劳动模范的无比向往："你呀，不喜欢我当劳模才怪呢。我要是当上了劳动模范，戴大红花那天，第一件事就是拉你去照相馆，重新照张结婚照，还要照那种染颜色的。哈，哈哈，真到了那天，做梦都会笑醒来。"毫无疑问，正因为内心深处有着一种牢固的劳模情结，所以，莫胡子才会特别郑重其事地"组织"毛妹子和毛坨姐弟俩在家里高唱那首《戴花要戴大红花》。关键问题在于，师傅莫胡子这种坚不可摧的劳模情结何以能够生成。细细想来，也无非不过是内与外两个方面。从内部来说，莫胡子作为一位底层劳动者，一位普通的工人，不仅天然地拥有热爱劳动的朴素品质，而且更有一种如果做不好本职工作的强烈羞耻感。从外部来说，只要联系20世纪六七十年代之交中国的基本社会现实，就必须承认，在那个特定的时代，普通劳动者是不是能够成为一名劳模，是一件可以与后来的商品经济时代是否可以成为如同马云一样的成功人士相媲美的事情。无论是工业战线的王进喜，还是农业战线的陈永贵，情况均是如此。很大程度上，莫胡子之所以会那样地渴盼着能够有朝一日成为劳动模范，正是从根本上接受了如此一种意识形态强力规训的结果。正因为莫胡子做梦都想着要成为一名劳动模范，所以，在见到杨哲民那位劳模舅舅的时候，他才不惜打破规矩，也要坚持坐在舅舅身边，坚持沾一沾劳模的气息："'有省级劳动模范来了，这就叫不一般呢。'我师傅终于讲得很顺畅了，'好难得的机会，我就想挨着他坐。要好好跟他学习，请他当面传经送宝。领导，你们讲要得不？'"

从根本上说，正是因为莫胡子内心深处有牢固的劳模情结，所以也才有了先后两次争当劳模故事情节的生成。而莫胡子那多少显得有点复杂的人性世界，也正是在这个过程中，得到了强有力的艺术凸显。第一次的争当劳模过程中，有这么两个细节无论如何都不容忽视。其一，是莫胡子为了成为劳模，竟然和师母一起以"合谋"的方式作秀。这就是，师母尽管刚刚流产，但因为心疼一大早来不及吃饭就跑去上班的师傅，所以便硬是拖着还需要别人照顾的身子天天跑到车间给师傅送饭。没想到，他们这种意图过于明显的作秀却很容易就被他人窥破："我大致猜到了什么。师傅之所以不好去劝阻师母，因为那件事情本来就是他一手布置的，到头来反而把自己弄得左也不是右也不是。"在被杨哲民点破真相之后，莫胡子一时间倍觉羞愧难当："连我自己都觉得丑。唉，劳模的事，我晓得上头有那个意思了，就想每天要来得更早一点，做得更积极一点。这不就有私心了？人一有私心，那还不就做过头了？唉。"其二，是莫胡子那多少显得有点鬼使神差的"偷窃"行为。先是深知他家境不宽裕的莫主席主动表示要借给他五块钱，却被他稍有犹豫后断然拒绝。但"其实他根本想象不到，师傅家眼下真拿不出钱来了。上次硬着头皮送了邱三元二十块钱，的确是把他和师母刮了个油枯水竭。这段日子他是过了今天愁明天，时刻都在盼着发工资。已经都这样了，还要打肿脸充胖子，有什么必要嘛。自己的堂老兄，又不是外人"。没想到，在拒绝了莫主席的一番好意之后，莫胡子在走投无路的情况下，竟然鬼使神差地偷了徐士良的钱。具体到莫胡子的偷钱过程，又有这么几点值得注意。一个是偷了十块钱后竟然又良心发现地送回去五块钱："放回来五块钱，也有点像他的做派。我大致上了解他。班里的工作他偶尔也犯错，犯了错也暗暗地责备自己。他只是不肯明说，总是找个机会悄悄地补偿回来。"更有甚者，过了几天，莫胡子竟然又在向杨哲民的母亲转借了五块钱之后，用信封偷偷地把另外的五块钱也都还给了徐士良。事后，莫胡子曾经向杨哲民和盘托出了自己这次偷钱的心理过程。囊中羞涩的他，先是向厂里包括段一寸在内的几个老伙计开口借钱，没想到不仅被拒绝，而且还受到了段一寸的莫名羞辱。正是在如此一种沮丧糟糕的心境下，他开始陷入了一种鬼使神差的精神状态之中："我想进去看看里头有没有熟人，一眼就看见了抽屉里有钱。那一下真跟吃了迷魂药一样，心想人家要是再不借给我呢？反正没人看见，索性拿两张走。拐过宿舍一看，那还是两张五块的，就觉得不能缺德到这种程度。拿太多了。十块钱是学徒伢儿半个月的工资呢。赶快跑回宿舍，我又放回去了一张。"一方面，由于囊中羞涩而伸手偷钱，另一方面却又神不知鬼不觉地把钱还回去，试图以这种方式弥补自己的过错。作家的如此一种情节安排，活画出了莫胡子那种既气愤又失态，同时还有几分愧疚的复杂心理状态。无论如何都不容忽视的一点是，眼看着他的市级劳模通过验收，就要铁板钉钉的时候，在验收组召开的最后一个座谈会上，内心一直惴惴不安的莫胡子，竟然出乎意料地主动招供了自己的"偷窃"事实："日他的，老子昨天偷了别人十块钱，真的会丑死。我都活到五十岁边上了，一辈子没搞过这种事情。祖宗八代的脸都被我丢尽了。坐在这里我一直做思想斗争，这件事情我是讲呢，还是不讲？感谢组长，您那句话提醒得好，要狠斗私字一闪念。那真的只是一闪念。唉、唉，我就是被那一闪念害死的。"一个劳动模范，怎么可能去偷钱呢？既然莫胡子自己把偷钱的事情和盘托出，那他劳模称号的被取消，也就自在情理之中。一方面，莫胡子果然因为这种和盘托出而获得了内心的宁静,但在另一方面,"其实他那举动已经表现出了心中的懊恼。两只手极其笨拙,好半天没卷成那支烟"。一方面,不愿意昧着良心当劳模,另一方面却又为劳模称号的错失而摆出一副追悔莫及的样子,借助于这样的一些细节,水运宪所描写出的,正是一个既贪恋劳模称号但却不愿意因自己的"偷窃"行径而抹黑劳模称号的师傅莫胡子一种格外真实的矛盾心态。

接下来,就是第二次的争当劳模。必须强调的一点是,这一次的争当劳模过程,与作为另一个核心事件的技术革新相当紧密地结合在了一起。由于常年超负荷劳动,师傅莫胡子罹患有特别严重的职业病——矽肺病。因为这一年的劳模评选工作还得再过一段时间才正式启动,所以,工会莫主席便多少带有一点强制意味地安排莫胡子去位于广西的一家机械工业部职业病疗养院去接受疗养。师傅不在厂,熔炉班就需要有一个临时负责人。早在大学期间便表现出了突出组织能力的杨哲民,就毫无争议地被指定为这个临时负责人。曾经接受过大学科班教育的杨哲民,早就跃跃欲试地有着技术创新的强烈愿望,但因为有师傅挡在前面("他就像一堵高墙挡住我的鼻尖,别说往前走,转个身都一难百难。"),这种想法一直无法落到实处。既如此,巧妙利用莫胡子外出疗养所留下的这个空当,进行并非不必要的技术革新,自然也就成为杨哲民的一种现实选择。当然，这其中的另外一种驱动力，毫无疑问来自于他的恋人姜红梅。为了能够争取让杨哲民在未来的婚姻竞争过程中有更大的获胜把握，姜红梅迫切需要他能够在包括技术革新在内的各方面工作中都有特别出色的表现。具体来说，杨哲民所首先选择的革新方向，乃是对冲天炉炉膛的改造。由于受到酒葫芦形状的启示，杨哲民就自作主张地把炉膛由原来的形状改造成为类似于酒葫芦那样的形状。谁知道不改不知道，一改就大获成功，收到了非常明显的成效："葫芦形状炉膛的熔炼效果简直太理想了。梁师兄好歹在炉前操作了十二三年，铁水出炉的时候，他看得大呼小叫，就跟哥伦布发现了美洲新大陆似的。"然而，尽管这一项技术革新完全出自杨哲民一个人之手，但到后来，为了成全师傅莫胡子的劳模梦想，他竟然在车间陈主任的暗示与恳求下，不无慨然地把这一项技术革新成果让给了莫胡子。而刚刚从广西疗养回来的莫胡子，或许是出于一种不管采取什么方式都要成为劳模的强烈愿望，明明知道这一技术革新与己无关，却也竟然默许了这一事实的发生。即使不惜"弄虚作假"，也想着要成为劳动模范，师傅莫胡子的劳模情结根深蒂固，于此即再一次可见一斑。冲天炉的炉膛改造之外，杨哲民的另一项技术革新，是意义更为重大的泥炮机的发明创造。这一次，给他带来灵感的，是无意间目睹了一台巧妙利用了杠杆原理的机械传动设备。尽管为了革新的展开,杨哲民曾经一度一筹莫展,但到了后来,在工会莫主席不遗余力地坚决支持下,他还是有条不紊地开始了自己胸有成竹的技术革新工作。这个过程中,多少有点出人意料的,是师傅莫胡子看似焕然一新的现实表现:"'民儿你记住一句话,只要你不跟师傅对着搞,师傅跟你当徒弟都心甘情愿。我想通了,好多东西师傅搞不来,真的还要跟你学。'他这句话真不是赌气,'打翻天印怎么不可以?带出来的徒弟要超不过师傅,那就证明我这个师傅没本事,卵用都没有。'"如此一个思想发生着惊人蜕变的莫胡子,顿时让杨哲民倍感陌生:"这句粗口太惊艳了,把我感动得半天说不出话来。"然而,与这个时候已然处于思想蜕变过程中的莫胡子相比较,更加难能可贵的一点是,师傅在病入膏肓时的精神再度升华。这就是,在明确得知厂领导已经把自己确定为劳模第一人选的情况下,莫胡子竟然主动让贤,主动提出一定要把这次当劳模的机会,让给其实比自己在各方面优秀许多的徒弟杨哲民:"我一个快入土的人了,当了这个劳模,对厂里到底有多大好处呢?杨哲民当就不一样。你看看,三年多时间他就从一个青工上到了车间主任。莫胡子讲句话在这里,民儿的上进心是挡不住的。再有个三年,他头上那片天还不晓得有好宽阔。"从前一年的为了成为劳模而不择手段,到最后的主动让贤,拥有牢固劳模情结的莫胡子,能够发生这样一种既在人意料之外又在情理之中的精神蜕变，真的是不能不令人刮目相看。事实上，也正是伴随着如此的一种精神蜕变，莫胡子这一令人敬佩不已的拥有丰富人性内涵的普通工人形象获得了最终的艺术定格。

越是伴随着时间的发展，突飞猛进的科学技术对人类日常生活的影响便越是能够得到强有力的彰显。这一方面一个不容忽视的突出例证，就是互联网的出现。由于互联网的出现，人类社会的方方面面都被笼罩在了无处不在的网络之中。其他方面的情况且不说，单只是从微信的角度来说，科技那种决定性影响的存在，就是一种毋庸置疑的客观事实。尽管说到现在为止，微信这一事物进入日常生活，也差不多只有十年左右的时间，但它对国人（因为对其他国家的情况不了解，姑且置而不论）的各方面影响日益巨大，却是有目共睹的一种确然事实。正是从这种不容否认的确然事实出发，面对着国人与微信之间简直就是须臾都分离不得的紧密关联状况，笔者才往往会不由自主地生出这样的一种疑问，那就是，到底是国人在以主体的身份使用微信，还是微信在以一种貌似不动声色的方式控制着国人的生活？倘若是后者，那自然也就意味着国人主体性地位不经意间地被颠覆与解构。关键的问题在于，既然互联网对国人日常生活的很多个方面都产生着难以估量的影响，那情爱问题同样也就无法幸免，肯定也会受到明显的影响。进入互联网时代之后，男女之间的情爱到底会发生什么样的变化，又会面临什么样的问题？王洁以一位作家的敏感，在长篇小说《你好，朋友圈》中，借助微信中的朋友圈这一新生事物作为切入点，所聚焦、思考、表现的，很显然就是这样的一种社会现实。

虽然说小说中若干细节的处理也还有不尽如人意之处，比如关于女主人公李淑娟的就业问题，就存在着一定的瑕疵。故事刚刚开始的时候，大学金融专业的毕业生李淑娟，在滨海市的一家银行机构任职。尽管叙述者曾经专门强调李淑娟和她老公贺国璋的工作都薪水不错，但只要联系贺国璋在为自己下班后仍然使用手机工作的行为辩护时"仅靠那点可怜的工资，咱们日子怎么过？"的言辞，我们即不难判断，所谓的"薪水不错"，恐怕也只是仅仅能够维持工薪阶层一个普通家庭的日常生活而已。但多少有点出人意料的是，到后来，由于丈夫贺国璋出轨行为被发现，内心一时苦闷无比的李淑娟，竟然不惜辞职去旅行："面对家庭和情感的这场变故，李淑娟现在已经根本没有了上班的心情了。呆在闺蜜家里的李淑娟，自然而然地想到了辞职旅行。"一个人因为心情苦闷而辞职旅行，倒也不是不可以，但一个必要的前提，似乎应该是衣食无忧。遗憾的一点是，李淑娟的情况，肯定不是如此。正因为辞去了工作，所以，李淑娟才会和闺蜜谢冰冰一起携手共同创业，开办了一个被命名为"88号"的咖啡店。原本想着咖啡店肯定会门庭若市，没想到等到正式开张后，一种无奈的现实，却是"门庭冷落鞍马稀"。这样一来，也才有了咖啡店最终因为经营不善被迫易手他人。但正所谓开张容易易手难，等到意欲转让咖啡店的时候，李淑娟和谢冰冰方才真切感受到了其中的艰难。由此，也才给了帅哥经理林绍峰一个自我表现的机会。正是因为有了林绍峰的出手相助，咖啡店才得以顺利易手他人。伴随着咖啡店的易手，李淑娟的工作问题便再一次提到了议事日程之上，成为自己必须面对的问题。但也只有到这个时候，由于求职过程中的一再碰壁，李淑娟方才真切体会到了觅得一个工作机会的异常艰难。一方面，因为李淑娟自己没有什么过硬的技能；另一方面，更因为工作机会格外紧缺，李淑娟虽然付出了很多努力，但却终是无果，一时间很难觅得一个哪怕是不那么理想的工作岗位。也正是这样的一种无奈现实，又一次给帅哥经理林绍峰提供了自我表现的可能。眼看着求职过程中四处碰壁的李淑娟已经走投无路，如果不是有林绍峰不动声色的一番暗箱操作，她根本不可能如同天上掉馅饼一般地获取林绍峰公司的总经理助理一职。关键的问题，出现在李淑娟因为林绍峰的出轨行为而主动离职之后。既然已经主动离职，那李淑娟就不得不再次面对求职的问题。孰料，她的这一次求职过程，竟然会变得如此这般地轻而易举："前段日子里，李淑娟调养好了身心，感觉自己再不出门就要发霉了，于是便重新找了一份工作，是一个事业单位，岗位是行政秘书。这个新单位跟原来的公司完全是两种风格，双休，准点下班，工资不高，但养活她自己是绰绰有余了。"这里，需要特别注意的一点就是，与上一次艰难的求职过程相比较，这一次求职，简直轻易到了如同探囊取物一般。正因为两次求职前后相隔的时间应该不会太长，所以，一个不容回避的问题就是，为什么两次求职的情形会形成如此鲜明的区别。道理其实很简单，如果说就业艰难，那李淑娟的再次求职就不可能如同探囊取物一般，如果说就业很容易，那就不可能给林绍峰的献殷勤留下足够的腾挪空间。事实上，也正是由王洁此处关于李淑娟求职的细节处理，我情不自禁地联想到了湖南作家阎真2022年那部曾经产生了不小影响的长篇小说《如何是好》。小说的女主人公许晶晶，虽然毕业于一所优异的大学，但由于缺乏相应的家庭背景支撑，在毕业后的求职道路上，真正可谓是一路艰辛，充满了不平与坎坷。所谓"如何是好"，就是许晶晶在艰难的求职道路上每每陷入人生困境时的一种自觉或不自觉的扪心自问。也因此，如果说阎真的《如何是好》的确以就业问题为切入点不无残酷地呈现了当下青年人的艰难生存境况，那么，王洁的小说中李淑娟竟然可以轻而易举地找到一份事业单位行政秘书的工作，就多少显得有点不那么切合现实状况。尽管说不同作品之间似乎很难进行如此一种比较，但换个角度来说，某种参照作用的存在，却也是不容否认的一种客观事实。总之，在李淑娟这一人物形象的书写过程中，作家的细节处理有两处似乎不那么合适。其一，虽然因为和贺国璋的分手而心情郁闷，但也不至于因此而去辞职旅行。其二，与林绍峰分手后，不应该让她轻而易举地很快就找到一份事业单位的行政秘书工作。

虽然若干细节处理上存在着一些瑕疵，但正所谓白璧微瑕，这些不足的存在却并不足以掩盖作家对互联网背景下情爱问题的聚焦与思考。微信得以生成的一个基本科技前提，就是互联网的存在。但即使是微信的创造者，恐怕也很难想象到，在充分地介入国人的日常生活之后，微信将会在怎样的程度上影响甚至决定着比如男女之间的情爱问题。然而，王洁值得肯定处就在于，她不仅能够非常敏感地意识并捕捉到微信中的朋友圈这一新生事物对国人情爱问题产生的那种根本性影响，而且还能够进一步将其转换为小说创作的对象，以一部长篇小说的形式把这种观察经验彻底凝固成一个文学文本。比如，李淑娟最早意识到丈夫贺国璋有可能出轨，就是借助于他的朋友圈。尽管从职业的角度来说，就职于某传媒文化企业担任企业文化培训导师的贺国璋，即使在下班后也仍然需要通过朋友圈继续维持客户关系，但也正是如此一种对工作的积极投入，给他情感上的出轨提供了可能。国泰集团的文化专员杨季兰，之所以能够成为贺国璋不折不扣的铁杆粉丝，所依托的一个有效路径，就是朋友圈里与群主贺国璋的及时互动。既然贺国璋下班后都如此这般地倾心于朋友圈的交流，那妻子李淑娟的一时被冷落，自然也就在所难免。从根本上说，正是贺国璋特别热衷于朋友圈的异常行为，促使李淑娟不仅对他心生怀疑，甚至还专门委托闺蜜谢冰冰想方设法去探求了解事情的真相。谢冰冰在接受委托后找到的突破口，依然与朋友圈紧密相关。那就是，以"梦文昭"的网名潜入到贺国璋做群主的微信群里，对贺国璋以及他周边朋友的朋友圈做一种不动声色的细致观察。如此一种潜伏观察的结果，自然就是贺国璋和杨季兰他们俩之间不正常关系的被发现。内心一直笃信与贺国璋之间的爱情，眼里揉不得一点沙子的李淑娟，在贺国璋的出轨行为被微信截图证实之后，所采取的决断行为，就是以一种快刀斩乱麻的方式迅速与贺国璋做彻底的切割了断。一段持续了很多年的美好情缘，就此而被迫宣告终结。

比如，李淑娟对帅哥经理林绍峰出轨行为的最早察觉，同样是借助于朋友袁天信的朋友圈。海南岛之旅结束后，眼看着李淑娟和林绍峰的一段情缘就要修成正果，许久未联系的袁天信，却突然在微信里约李淑娟叙旧。叙旧不要紧，关键的问题是，这一叙旧的结果，竟然是林绍峰出轨被无意间证实。因为看到林绍峰特别眼熟，袁天信便专门翻找自己的朋友圈。没想到，查找到的，却是林绍峰和一个单名为"琳"的年轻女孩的一张亲密照："标志性的角度，标志性的手势，以及标志性的侧脸，一模一样的姿势，唯一不同的，是怀里抱的那个女孩。"正所谓无独有偶，以朋友圈的方式再一次证明男友的出轨行为，对李淑娟所构成的精神打击，自然是致命的。既如此，最后的结果，当然就是他们俩的分道扬镳。

再比如，无论是闺蜜谢冰冰因为和张普仁之间的关系而在街头挨打，抑或是前夫贺国璋因炒股而被迫跳楼自尽，诸如此类的关键性细节，李淑娟也全都是通过朋友圈在第一时间获得了相关信息。虽然在和张普仁的交往过程中，谢冰冰始终处于被蒙蔽的状态，根本不了解他的实际婚姻状况，但如此一种境况，却并没有能够使她避开来自张普仁妻子杜琳在街头大庭广众之下的大打出手与公开凌辱。无意间通过朋友圈看到谢冰冰被凌辱一幕的李淑娟，出于对闺蜜的切心牵挂，不管不顾地第一时间赶到谢冰冰住处，从身与心两方面给予她及时的悉心安慰与呵护。遗憾处在于，虽然李淑娟百般努力，试图把谢冰冰从张普仁所营造的情感迷梦中唤醒，怎奈对张普仁一直心怀幻想的谢冰冰，却就是不愿意直面残酷的现实，仍然把希望寄托在了满嘴谎言的张普仁身上。这样一来，谢冰冰宁愿做小三也不肯离开张普仁这种对男性的极端依赖，自然也就与李淑娟不惜两次与男性主动分手也要坚决捍卫女性尊严的独立性品格，形成了非常鲜明的对照。

尽管说身为独立女性的李淑娟，早在刚刚察觉前夫贺国璋出轨行为的时候，就已经和他果断分手，但却并不意味着他们俩之间曾经的美好感情彻底被遗忘。与林绍峰分手后的李淑娟，之所以会在睡梦中不仅与贺国璋重逢，而且还有过一定程度上的语言交流，正因为她内心深处依然对贺国璋有所牵挂的缘故。因此，神思恍惚的她，一旦在朋友圈里看到"刚刚有个男人从玉浦路的德铭大厦31楼跳下来了，现在警察已经把道路封了，据说是因为炒股失败，可惜啊，还那么年轻！"的这样一条信息，马上就会联想到贺国璋。点开视频发现自己的预感得到证实后，李淑娟不仅第一时间不管不顾地赶到了事发现场，而且还宁肯遭受贺国璋父母的辱骂，也要坚持到墓地去送贺国璋最后一程。行文至此，或许有人会发出疑问，既然贺国璋出轨事发当初，李淑娟就已经和他刀割水洗一般地断绝了夫妻关系，那她到后来却又何必对贺国璋如此关心呢？难道说这样的一种艺术处置方式不显得前后矛盾吗？答案自然是否定的。夫妻关系虽然由于贺国璋的出轨行为而中断，但这却并不意味着他们之间曾经的美好情感不复存在。就此而言，与其说作家的艺术设置前后矛盾，不如说王洁通过这样的一种情节安排，凸显并丰富着李淑娟的情感世界。

由以上可知,不论是李淑娟自己所先后遭逢的两次情感变故,抑或是如同谢冰冰街头挨打、贺国璋因炒股失败跳楼自尽这样的一些关键性细节,全都与互联网或者说微信时代那简直就是无所不在的朋友圈紧密相关,甚至可以说都是朋友圈惹得祸。既如此,那李淑娟他们最终干脆远离朋友圈,似乎也就自在情理之中。正所谓惹不起躲得起,既然"在不明所以的网络舆论的传播中,事情真相渐渐被掩盖了,李淑娟被钉在耻辱柱上,遭受一些键盘侠的口诛笔伐,遭受一波波的舆论谩骂",既然"网上这些四处纷飞的消息,李淑娟只要一看到,就会心神不宁,一种深深的委屈憋在肚里,却又无可奈何",那秦绍东最终做出的决定,自然也就是让李淑娟远离手机,远离朋友圈:"为了不再刺激李淑娟,秦绍东把她的手机收了,不让她接触这些。"然而,关键的问题在于,如同李淑娟和秦绍东这样的一种逃避方式,真的就意味着难题的解决吗?对此,岳雯尖锐地写道:"朋友圈让人与人之间的联系更广阔的同时,也放大了人的欲望,带来了更多的生活难题。作家王洁只能让她步步回撤,一直退到没有朋友圈的乡村,求得生活的安稳与心灵的宁静。可是,乡村、茶园真的就是一片不被朋友圈波及的净土吗?或者说,关闭了朋友圈,生活就能回到从前吗?这是王洁所感受到的巨大现实,也是我们每个人身处其中无法逃避的现实。李淑娟此举或许不过是暂时的逃离,可是,面对这样的现实,除了这样,还能怎样?"①小说中,面对着来自朋友圈的极大困扰,李淑娟和秦绍东所最终选择的,是关闭朋友圈、远离手机后干脆复归于充满田园气息的乡村生活。正是在远离尘嚣的乡村一隅,远离朋友圈的李淑娟他们,获得了一种难得的宁静生活。一方面,我们当然应该承认王洁如此一种艺术设置方式合理性的具备,但在另一方面,在对生活的理解和认识上,作家恐怕多少显得有点本末倒置。尽管从表面上看,李淑娟他们所面临的各种生存困境似乎的确与朋友圈紧密相关,诚属朋友圈惹的祸,但从根本上说,所有的这些困境,其实早在朋友圈出现之前的前互联网时代,就都已经客观存在着。究其根本,作家所必须面对的所谓情爱领域的爱恨情仇,其实是社会现实中的人性问题。朋友圈可以关闭,手机可以远离,但永恒的人性问题却无论如何都不容回避。也因此,我们寄希望于作家王洁的就是,在今后的小说创作过程中,持续不断地在社会现实以及人性构成的审视上积极用力,以期能够写出更多如同《你好,朋友圈》这样的小说力作。

由曹寇笔端的鸭镇,我们所情不自禁联想到的,便是鲁迅笔端的鲁镇。在鲁迅以短篇小说为主的小说

---

① 岳雯:《推荐序 朋友圈的秘密》,载王洁:《你好,朋友圈》,上海文艺出版社,2023,第4页。

中,虽然不是全部,但其中不少篇什的故事发生地被设定在鲁镇,却也是无可置疑的客观事实。既如此,倘若把这些篇什收拢在一起出一本小说集,或许也可以被命名为"鲁镇往事"。在一般的理解中,鲁镇的原型是鲁迅故乡绍兴及其周边的乡村地区。至于曹寇笔端的鸭镇,因为曹寇是南京人,所以我们也不妨把鸭镇理解为作家以南京周边城乡接合带的乡镇为原型想象虚构出的一个文学地标。我们注意到,关于这部小说集,曹寇在《自序》中曾经特别强调:"我所写的乡镇,有意避免'过去式'。当代小说家确实热衷于坐在城里的漂亮书房里开展'故园记忆',以前我也这么干过,现在我不是,现在我就是以一个农民的身份坐在村里写,而且以写当下乡镇生活为主旨。"尽管曹寇特别强调自己的农民身份,但其实,在文学面前,无论什么样的社会身份都没有什么特别意义,都是写作者一位。区别恐怕一方面在于真诚与否,另一方面则是能力高低的问题。应该引起重视的,反倒是对那种"过去式"的"故园记忆"如此一种艺术窠臼的拒绝。这里的一个前提是,"过去式"的"故园记忆"因其普遍,已经成为某种程式化的书写。如果说这种程式化书写因其数量众多已然形成了某种典型形态,那么,长期坚执个性化写作立场的"农民"曹寇这部小说集中所呈现出的,也就只能是作家对当下时代乡镇生活的一种非典型艺术想象,是活跃于这种非典型想象中的鸭镇一众人物形象的音容相貌与精神状况。

在曹寇的鸭镇，我们所首先遭遇到的，是一位因"龙"而陷入癫狂状态之中的乡村少年德贵。德贵是姑妈的独生子，姑妈和姑父都是乡村教师。小学三年级那一年的暑假，原本和"我"一起做暑假作业的德贵，冒着突发的暴风雨回家。不知在路途中遭遇了什么，反正，等到风歇雨止后，迈进家门的德贵已然处于只知道一味地重复"龙，有龙，我看到了龙"的不正常状态。虽然几经疗治，但情况却始终不见好转。就这样，"我的表兄弟张德贵在那场大雨中可能遭受了不为人知的不幸，导致他此后变得不太正常，而'龙'这个意象，既可能出于他的幻视幻觉（来自于画片和电视剧《西游记》中的影像），也可能是他将当天的诡异遭遇集中到某个并不存在的异物上"。吊诡之处还在于，进入癫狂状态之后的德贵，竟然无师自通地学会了画龙。一方面，我们并不否认有可以导致德贵疯癫的神秘异物存在，但在另一方面，德贵精神异常现象的形成，却也很可能与身为乡村教师的姑妈过于严苛的家教有关。与此同时，我们也应该注意到，在与小说集同名的中篇小说《鸭镇往事》中，曾经出现过这样一段叙事话语："龙塘何谓？据说有个孩子曾在暴雨之日于此看到过一条黑龙自塘底出，升腾而起，游于天际，消失于乌云之中。"难道说，这个孩子就是《龙》

这篇小说中的德贵？

令人过目难忘的，还有那位长期暗恋秋艳的高秃子。由于秋艳姑娘在鸭镇中学长相妖娆且品学兼优，便成为一众男生的暗恋对象。但其中最执着者，非高秃子莫属。早在上学期间，他就是秋艳忠实的追随者兼保镖："他每天上学都会提前半小时骑到秋艳家附近，伺秋艳出门，他才远远跟着，一前一后来到学校。"没想到的是，高秃子追来追去，却终究还是无果。在北京一所大学毕业后的秋艳，不仅留在北京工作，而且还在北京结婚成家。但即使如此，高秃子仍然没有死心。最后的情况是，秋艳遇人不淑，因为丈夫是个混账，这位鸭镇之花不仅早就处于离异状态，而且还很不幸地罹患了肺腺癌。尽管高秃子为了给秋艳治病甚至不惜欠了高利贷，但最终被他捧回鸭镇的却依然是秋艳的骨灰盒。在倍感秋艳命运悲催的同时，我们更为高秃子那终其一生的情感追求而惊叹不已。

带有突出吊诡色彩的一个短篇小说，是《赵老师》。赵老师是鸭镇一位到最后也没有能够转正的特别失败的民办教师。除了未能转正之外，他的失败还体现为一对儿女的不成才。儿子马马虎虎，好歹还可以进城打工。问题出在女儿赵霞身上。赵老师因为看不惯成天睡到中午才起床的赵霞，父女俩便发生了尖锐的口角。口角之后，赵霞便一赌气离家出走，整整一年都没有消息。多少让人感到不解的一点是，留在鸭镇的赵老师，某一日在看了电视里的一期《法治在线》节目之后，却突然喝农药自尽了。具体来说，这一期《法治在线》的主要内容，是讲述深圳一个以王奎为首的犯罪团伙如何想方设法杀害卖淫女的法治案件。一直到失踪的赵霞赶回鸭镇为父亲奔丧的时候，人们才了解到导致她出走的口角内情。却原来，赵老师在一时情急之下，曾经口无遮拦："他说我二三十岁的人了，不挣钱，吃他的，问我好不好意思，然后说，实在不行，你就去当婊子，还说，干这个的多了。"至此，赵老师自杀的原因遂真相大白。正是在把自己对女儿的诅咒与那期《法治在线》的内容没有多少道理地联系在一起之后，赵老师方才主观认定，长期音信全无的"卖淫女"赵霞早已死于非命。既如此，那赵老师再继续活着也就没什么理由了。毫无疑问，正是在如此一种因自己的主观想象而彻底绝望的情况下，赵老师方才喝农药自杀。但就在我们为命运的捉弄与吊诡无限感慨的同时，却也不能忽略少女赵霞的另一种不幸遭际。"她记得自己的初中语文老师叫她到后者的宿舍里去背课文，她很不喜欢那个老师，尤其讨厌他关上宿舍门后屋里的光线和气味。"虽然曹寇只是点到为止，但"关上宿舍门"这几个字却不仅足可以让我们联想到少女赵霞遭遇了什么，而且更是写出了世道人心的复杂。

同样值得注意的，还有那个与郁达夫小说名作的篇名完全一致的《春风沉醉的晚上》。小说的主人公，名叫张亮（不能不提及的一点是，曹寇《鸭镇往事》中，一方面，同一个人名会在不同的篇什中出现，但另一方面，这看似同一个人的人生行迹却又不完全一致，甚或差异巨大。比如，既出现在《春风沉醉的晚上》也出现在《赵老师》中的张亮，即是如此）。多年漂泊在外打工的张亮，因为父母的反复央求而返乡过年，没想到却意外地遭遇疫情的袭击被迫困居鸭镇。困居在鸭镇，其他都还好说，唯一的问题就是因为家里没有无线网络，上网成了个大问题。为了蹭网，张亮只好每日在邻居刘晓华家的门口晃荡。关键的问题是，这刘晓华不是别人，不仅恰好是张亮的青梅竹马，而且已经离异数年，长期居住在娘家。曾经青梅竹马的一对男女，一个离异数年，另一个至今未婚，如此一种情况，带给读者的当然是应该发生点什么的"春风沉醉的晚上"一般的期待。张亮自己，也曾经在临睡前的黑暗中陷入到某种"无耻"的联想："据说，刘晓华与前夫离婚的直接原因，就是对方认为没有孩子是刘晓华的问题，而如果自己把刘晓华的肚子搞大了，那是否能让其前夫颜面丢尽？"然而，故事的结局却是意外的。因为找女友过年而被困在湖北X城的宾馆里的赵志明，突然开口向张亮求助，试图让他向刘晓华张口借两万块钱。面对着赵志明的"伟大友谊"，张亮不得不在灌了自己半斤酒以便酒壮怂人胆的那个春风沉醉的夜晚，再次来到了刘晓华家的大铁门的门口。但还没有等到他开口借钱，就已经醉倒在了刘家门口。可惜的是，由于灯光不够给力的缘故，即使从窗口探出头来的刘晓华终于未戴口罩，他也没有能够如愿以偿地看清楚她的长相。从根本上说，张亮所看不清的，除了刘晓华的长相外，更是自己那不无尴尬的人生处境。

另外一篇与疫情有关的小说，是《吃龙虾的人》。既然是疫情，那李锋和小高他们夫妻被困在小高父母家，似乎也就势在必然。李锋的尴尬之处在于，当年好不容易才以高考的方式摆脱鸭镇，落户城市，没想到，鸭镇拆迁在即，因为户口的问题，他将因此而承受一笔不小的损失。既如此，丈母娘话里话外地流露一些不满的情绪，也就自在情理之中。除此之外，小说关键性的情节有二。一是在如此一种"高度集中的群居生活"中，岳父岳母当年的若干陈芝麻烂谷子都被翻腾了出来，其中尤以曾经担任过车间主任的岳父的出轨最引人注目。二是疫情基本缓解后的一次狂吃龙虾。当然，狂吃龙虾的理由也非常充分："一、两个月来，他们如此谨慎，主要是为了保护孕妇及其腹中胎儿。二、小高怀揣胎儿都出门了，如果没事，他们也不会有事。如果有事，他们也跑不了。三、去他妈的。所以全家都陪着小高来买龙虾。"原本想着带回家吃，看到龙虾店里热闹非凡，他们便决定干脆就不管不顾地在龙虾店里狂吃一顿。没想到的是，这一吃不要紧，孕妇和胎儿没事情，反倒是李锋吃了个上吐下泻。怎么办呢？"他们还是理智的，没有送李锋去医院。如果李锋不是龙虾过敏，而是染上病毒，那么其他三个人，包括腹中的胎儿势必全部完蛋，就算不完蛋，有人幸存，也势必家破人亡。"既如此，一家人只好面面相觑地围坐在李锋身边，静候命运的裁决：一种"从未有过的绝望萦绕在他们的头顶"。虽然说曹寇并没有进一步交代李锋或死掉或痊愈的人生结局，但如同疫情一样的时局对芸芸众生的严重困扰，以及人性某种丑陋的贪婪面向，却也已经在其中获致了艺术的呈现。

以上种种，不一而足。我们在此虽然不可能一一罗列，但无论如何，在数次翻阅《鸭镇往事》的过程中，我所不时联想到的，除了鲁迅之外，也还有乔伊斯的《都柏林人》，或者舍伍德·安德森的《小镇畸人》。因为在《鸭镇往事》中我们所看到的是鸭镇那些人物的人生行迹与精神状况，所以，也不妨把这部小说集干脆理解为是鸭镇的某种人物列传。尽管说所有的人物和故事全都出自非典型"农民"曹寇的艺术想象和虚构，但与时代和社会之间的内在关联，却也不容轻易剥离。也因此，虽然是一种非典型的存在方式，但通过《鸭镇往事》这一艺术窗口，窥知不仅仅是社会与时代，而且也包括乡镇的日常生活，以及那些芸芸众生不无畸形的生存状态与精神面相，却也是一种难以被否认的客观事实。

甫一拿到新鲜出炉的真正可谓是高手云集的《收获》2023年第3期,由于地域认同的缘故,我迫不及待首先阅读的,就是杨遥的短篇小说《把自己折叠起来》。先后两次认真阅读《把自己折叠起来》的结果,自然是与鲁迅先生经典名作《故乡》相类似的艺术构架的发现。一样是农历春节前后那个特定的时间节点,一样是与少年时期好友的意外(其实也并非全都意外)重逢,以及好友变化所引起的莫名诧异,一样是很容易就能够让读者联想到作者本人(其实是有作者本人的投影存在)的第一人称"我"的设定,一样是开头的"我"从异地回到故乡以及结尾处的由故乡出发再度去往异地,说杨遥的小说构思没有受到过鲁迅先生的影响,肯定是毫无道理的。尽管说二者之间差异的存在也同样不容忽视,但由二者构思的相似而断言杨遥企图借此机会向鲁迅先生表示充分的敬意,恐怕也是不容否认的一种文本事实。

在我看来,理解杨遥这一短篇小说的关键之处,在于其中的"人只有掌握了权力才能掌握自己的命运"这一句话。如果把这句出自小说主人公李老虎之口的话语看作是《把自己折叠起来》的文眼所在,那么,一个可信的结论就是,整个短篇小说的故事情节正是围绕这一文眼而进一步充分展开的。小说中能够证明这句话真理性的人物形象,首先是"我"也即一位小有名气的作家舒文的那位刚刚被提升为镇党委书记的老同学孙林。孙林在权力面前的那种不自觉或者说无意识的谄媚,主要体现在这样的两个细节之中。其一,是在"我"也即舒文专门组织的饭局上,孙林突然接到了张县长的电话。且看相关的细节描写:"他脸上都是笑,走路的时候两条腿夹着,屁股往下坠,裤子褶了起来,像那儿有条尾巴似的。"面对着并不在现场,根本就不可能看到自己表情神态的张县长,身为一镇之书记的孙林,之所以要做出一副卑微至极的夹着尾巴的哈巴狗的样子来,正是因为内心潜隐着某种权力崇拜心理的缘故。另外一个细节,出现在又一个电话铃声短时间内突然响起的时候。这一次,孙林的表现是:"孙林拿起手机一看,身子一挺,脸色有些紧张,又有些激动,下意识地掸了掸很干净的衣服,仿佛上面有灰尘,小跑着走了出去。"孙林之所以无以自控地在接电话前不仅神色紧张,而且要下意识地清理衣装,乃因为他所接到的这个来自县委刘书记的电话甚至比刚才的张县长还要更重要一些。潜隐在孙林卑躬屈膝的神态与动作背后的,当然是那种对权力顶礼膜拜的奴性心理。

但与孙林相比较,更为充分地以实际行动践行"人只有掌握了权力才能掌握自己的命运"这一真理性表达的,乃是那位很容易就能够让我们联想起闰土来的小说主人公李老虎。小说中,最能够凸显李老虎奴性人格心理的细节共计有三处。其一,是大概六七年前,"我"也即舒文和老同学李老虎在火车站第一次巧遇的时候。那个时候,也正是李老虎因为四处赶庙会套圈圈颇感到得意的时候。尽管在"我"也即舒文的理解中,自己和李老虎曾经有过特别亲密的少年时代,但他却无论如何都料想不到,面对自己热情的邀约,李老虎竟然会断然拒绝:"'哪好意思劳驾你。我们是受苦人,你是城市人,领导了。'李老虎认真地说,没有半点讽刺挖苦的意思。"这里的所谓"没有半点讽刺挖苦的意思",其实也就意味着李老虎内心的确在自觉远离着在他看来已经变身为"领导"的老同学。正因为强烈地感觉到了两人之间某种隔膜的坚硬存在,所以,舒文心里才会"一阵酸涩,这就是他从小的玩伴儿?"如此一种场景,很容易便可以让我们联想到《故乡》中的"我"很多年后与闰土再次见面时的尴尬状况。

其二,是疫情期间的腊月二十九,"我"也即舒文和李老虎在故乡火车站的第二次"巧遇"。事实上,也只有在和李老虎稍后的交谈过程中,我们才能够了解到,这一次的"巧遇"其实是李老虎一个蓄谋已久的举动。却原来,李老虎之所以不仅亲自开着一辆厢式货车前来接站,而且还硬要不顾"我"也即舒文的坚决反对,一定要给舒文的父亲购买一大堆东西,主要是因为他有求于舒文。真实的情况是,在事先已经了解到"我"也即舒文和孙林之间的高中同学关系之后,碰碰车生意因为疫情而大受影响的李老虎，希望自己的老同学舒文，能够利用他和孙林之间的老同学关系，帮忙说项，以便使自己能够成功地竞选为村委主任。正是在力促老同学舒文帮忙的过程中，李老虎不无郑重地讲出了那一句"人只有掌握了权力才能掌握自己的命运"的真理性话语。这样一来，也就有了由"我"也即舒文出面邀约的那一次春节饭局，自然也就有了下一个更为精彩的细节。

其三，就是那次饭局上李老虎自告奋勇的三次自我折叠（小说的标题"把自己折叠起来"很显然来源于此）。此前曾经一度在少林寺学过武艺的李老虎，之所以一连三次坚持要把自己折叠起来，正是为了最大程度地讨好"大权在握"的镇书记孙林。第一次表演："李老虎用两手抓住两只脚，缓缓把脚抬起来，他的骨头啪啪作响。"尽管如此，李老虎却仍然坚持要把脚继续往上抬。没想到，就在他眼看着就要表演成功的时候，张县长的电话突然打来。第一次未遂的表演，就此终结。第二次表演："大概怕再有什么事情打扰，这次他的动作比上次快，骨头啪啪响得更厉害。"但就在他快要成功的时候，刘书记的电话突然打来，第二次表演再一次以未遂告终。接下来，就是李老虎第三次不依不饶的表演。这一次，"终于李老虎成功地把两只脚勾到了脖子上，团成一个球状的样子，翻出来的脚掌上穿着白袜子，白得耀眼"。然而，就在四周传来阵阵热烈的掌声和喝彩声的时候，意想不到的事情发生了。李老虎的表演终于成功，但不给力的椅子却在这个时候突然被压塌，李老虎摔倒在地。孙林和舒文他们都关切地要送李老虎去医院检查，但却被扶着腰的李老虎坚决拒绝。其实，一直到小说结尾，李老虎都一直在扶着腰的动作本身，就充分地说明，从椅子上摔下来的李老虎，的确伤得不轻。究其根本，李老虎之所以宁愿忍着痛也要装出一副没有受伤的样子，还是为了能够早日圆村委主任梦的缘故。在注意到李老虎所折叠的不只是自己的身体，而且更是内在人性的同时，也应该注意到，他先后三次自我折叠的动机，并非出于任何外在力量，完全出自他本人的自觉自愿。因此，假若说他的三次自我折叠仍可以被看作是一种奴性心理的艺术呈现的话，那这种奴性心理毫无疑问具有一厢情愿的自觉色彩。

无论如何，在一篇字数有限的短篇小说中，仅仅通过第一人称叙述者"我"也即舒文串联在一起的两对同学关系，通过一次饭局、两次电话，以及更为精彩的三次自我折叠，便能够带有强烈批判性地把国民心理中一种普遍的彻底匍匐在权力面前的奴性自觉心理表现出来，杨遥的出色艺术智慧的确非同一般。

第五章 侨乡文化、病痛书写与生存苦境

熊育群的《金墟》是一部描述与探究侨乡文化的小说。侨乡文化也是种地域文化，因而《金墟》也有着浓浓的地域文化色彩。然而侨乡地处中外文明交汇碰撞的前沿，更兼以赤坎古镇为中心的开平侨乡追根溯源又是由北方迁移而来，侨乡文化又连接着传统中国，以古老的中原文化为底蕴，因而赤坎侨乡不仅是中国与海外文明的交汇点，同时也是传统中国与现代中国的交汇点，各种文化在这里交汇碰撞、纠缠融通，生成了侨乡文化的特色。一般而言，地域文化为古老的自然人文风物遗存所承载，越是与外部世界隔绝，越是与外界文化少有交汇，越是能保持本土文化的完整性，地域性越明显。但侨乡文化却与此不同，各种文化的交汇融通始终处于活跃状态，在对各种不同文明因子的不断地接纳融化中形成自己的特色。在侨乡文化的生成过程中，似乎也不存在着一种主体文化。侨乡文化不是这种主体文化吸纳其他文化因子或是这种文化被外来文化冲击解构而形成，而更像是各种文化的杂糅。侨乡文化是种似乎在没有"自我"中显现出自我的开放型文化。这其中似乎存在着悖论，但却构成了侨乡文化地域性的独异之处。侨乡文化中蕴含着一种文化特色形成的别样路径，从这种意义上讲，侨乡文化之于新时代文化建构确乎是极富挖掘价值的"金墟"。因而，熊育群选择的是一个极具探究价值也有着极大言说空间的题目。

正如小说中所言，中华侨文化是赤坎古镇的根和灵魂，《金墟》的中心可以说是通过司徒誉祖孙两代人建设赤坎古镇的故事，以及古镇人的迁徙史的追溯去探寻侨乡文化的根和灵魂。

多位学者在评析《金墟》时注意到了贯穿小说始终的钟声这一意象，我觉得小说中另外三种意象：骑楼、宗祠、图书馆也很重要，尤其是对呈现作者对赤坎侨乡文化的探寻思考而言。在关忆中，杜应麟找司徒誉提议开发赤坎古镇之后，小说写到司徒誉又游览了一遍古镇，试图"换一个外人的眼光"来重新感受熟悉的古镇。骑楼是赤坎古镇最具特色的建筑物，赤坎古镇的异域风情主要体现于骑楼与骑楼街。在这段，作者以司徒誉的视角具体写到赤坎古镇的两座骑楼，一座是民国年间修建的司徒氏公祠建筑群；一是司徒氏的图书馆。骑楼、宗祠、图书馆可以被看作是表征侨乡文化的意象。

骑楼是江门侨乡最具地域特色的建筑,小说借最早发现赤坎古镇开发价值以及开发提议者杜应麟之口谈到建筑与人的个性的关系——"单个的建筑表达主人的个性,建筑群则表现地方个性",赤坎古镇中的骑楼建筑群就是赤坎侨乡文化精神的表现,因而在小说中作为外来者的杜应麟初到赤坎时"看了立园、自力村、马降龙,都没留下特别的印象,到了赤坎古镇,临江的一排骑楼让他震惊了",而关忆中初到赤坎也是"看到骑楼特别惊讶"。就连在赤坎古镇土生土长的司徒誉,"换一个外人的眼光来看,这些司空见惯的老屋显得有些陌生,也有些不一样"。骑楼建筑群给人的第一印象应是异国情调,造型是"华侨居留地的建筑样式",顶层建筑各异,"如万国博览会"。但是骑楼的异国情调其实又是中国式的,内隐着诸多的中国元素。比如,司徒誉看到一栋伊斯兰尖拱门的骑楼时,发现其墙面装饰和浮雕中的山花"有用传统金字形瓦顶的,有用扇贝饰件的",而且有欧洲建筑中所没有的"吉祥纹饰和卷草图案"以及"岭南佳果","繁复卷曲的装饰跟清代的风格本就相似"。除了外形的中国元素,更关键的是内隐于骑楼中的观念的"中国特色"。骑楼之所以按华侨所在地的建筑样式修建呈现出异国情调,原因在于华侨在国外赚了钱,想要光宗耀祖，想要衣锦还乡，"光鲜一回"，在这里，外国风情的骑楼成为侨民在海外成功的标识；另外，在修建骑楼时仍要请法师道士净地、立阴契，这些显然是中国的传统观念。骑楼是侨乡文化中西杂糅状态的一种象征性的呈现。而公祠与图书馆是赤坎古镇最耀眼的最具特色的骑楼。公祠是家族文化的象征物，指向历史、指向传统，象征着对根与源的坚守；而图书馆则是不断接纳新知更新自己的场所，意味着一种开阔的胸襟、一种对新的热切拥抱。这可能正好构成了侨文化的两翼——既保守也积极进取。

小说中写到几个别有意味的场景，当司徒文倡把风水大师张若水请到赤坎，"风水师一袭道袍，长须飘飘，坐在穿西装，打领带和领结的人中间"，"桌上一半人去过美国和加拿大，但大家对风水依然兴趣浓厚，有诸多问题向张若水请教"；另外一个别有意味的场景是司徒文倡向关景娜求婚的场面。司徒文倡抱着玫瑰花右膝跪地，讲出来的却是"我中意你"。在这里道袍与西装和谐共生，西式的仪式与中式的语言错杂并置；还有则是赤坎的街上，往往是"东边演奏西洋乐，西边又响起了八音锣鼓"。这样的中国传统文化与海外文化的交融似乎也能和谐共生，但同样也充满悖反矛盾。一方面在家乡按所在国的风格修建异国风情的骑楼，以此彰显自己在海外的成功；另一方面却在侨居所在地尽力保持"中国色彩"。小说中写到司徒誉到美国考察时在旧金山中国侨民聚居区的观感，"街上不时出现斗拱飞檐的坡屋顶，墙面多是红装清水墙，店铺招牌特别多，各种文字各种字体各种颜色，灵乱中显出一种自由"，"一路睇店铺，有广东商场、共和旅店、金山圣寺、华美银行、东方参茸药行、三宝堂推拿针灸、铁口神算风水命相馆、日新洗衣店、舌尖上的中国麻辣一品……最有中国气息的是卖干货和蔬菜的店铺，菠菜、红薯、芋头、藕、荸荠都带着田野乡风气息，连店员的笑都是中国地道乡土的"，整个是晚清民初中国南方小镇的风情。至少从表层来看，这里比当下的中国本土有着更多的"传统中国"的遗存，以至于司徒誉的感觉是"时间上与国内隔了一个年代"。华人社区中的人情风俗，似乎也更注重中国传统的礼教伦理，以至于司徒誉在参加司徒家族为其举办的欢迎宴会时"感觉回到了一个大家庭，就像还没有离开中国。桌上他不但年龄小，辈分也最低，他一个个给长辈敬酒"。在家乡力图以自己身上的异域风采示人，借以"光彩一回"，但在侨居所在国却固守中国传统，营构中国氛围。在家乡尽力凸显异域性的一面，在海外却唯恐本土性的散失，这可能是侨民普遍性的微妙的文化心理。

在充满异国情调的侨乡，大家行为处事中应用的仍是古老的中国式的"谋略"，这是侨乡文化中另外一种"悖反"的表现。在司徒文倡的建城故事中，当司徒文倡找赤坎商会的会长关氏家族的关基礼协调新城建设的规划时，因为牵涉多年来两大家族的恩怨纠纷，交流针锋相对，很不顺畅。最后，当司徒文倡以抛开家族恩怨共同建设家乡相劝时，关基礼却提出，让司徒文倡写信给自己海外的弟弟，不要组织罢工反对自己的弟弟关基智。而赤坎古镇的第一代建设者司徒文倡最终败走赤坎，给予其致命一击的是在赤坎新城建设中利益受损者的举报。举报的内容并非新城建设过程中出现的纰漏，而是司徒文倡与中共的秘密往来。司徒文倡与司徒誉两代赤坎古镇的建设者同样是用"中国式"的谋略来推动赤坎的建设。比如，司徒文倡为了避免新城建设中引起的纠纷，请来了风水大师张若水，借张若水从风水的角度化解了夹杂个人利益以及家族夙怨的纠纷，文中这样写道："风水师既感到惊讶又感到疑惑，司徒文倡为啥花大价钱请他来呢？他没有问，司徒文倡也就不用答。"这是典型的中国式的交流，内中满是机锋与权谋。显然重金请来的风水大师，不仅要解决赤坎新城建设的风水布局，而且还要解决的是赤坎建设中的人事与利益纠纷。赤坎新城的布局表面是由风水决定，但实际却是由新城建设的主持者司徒文倡决定。风水在此已不具独立的自身价值，而成为司徒文倡推动新城建设的工具，风水大师成为司徒文倡达成其目的的工具人。又如，新一代的建设者司徒誉，在征收梁姓人家的房产时，因用地性质界定不同而造成的补偿款差额巨大而受到抵制,司徒誉解决这一问题时不是直接与梁先生谈房产用地性质,而是问"你偷了这么多年电怎么办?你税是怎么缴的?是按工业税还是按商业税缴的?我可以派人去查哦",多年来房产用作商业经营而一直按工业用电缴费的梁先生瞬间屈服。再如,当司徒誉获知关姓图书馆的征收背后最大的阻力来源于退休支书老季,也不是直接去找老季协商图书馆征收问题,而是利用自己所掌握的老季在任时的一些贪腐问题借力打力,"他想老季那些事放在从前不是大问题,全国从严治党后,放到现在就不是小问题了。司徒誉授意组长罗新义找他私下谈,明确告诉他,图书馆的事情不准再插手了。如果不配合,随时可以处理他"。以上这些行为尽管具有目的的正义性,有些不具有,但这些手段背后的思维特点却很相似,都体现为借力打力、围魏救赵、声东击西这样一些中国传统的谋略或曰智慧。不管接受多少海外现代思想,也不管侨乡的繁荣与海外有着怎样千丝万缕的关联(事实上,在很多年里,侨乡的繁荣有赖于侨民把资金从侨居地的汇入,可以说这些海外侨民汇回的资金是侨乡经济的主要支撑与发展的原初动力),但中国文化因子是嵌入侨民的集体无意识的。

　　侨民对西方的心态也很为微妙。第一代侨民在海外的奋斗几乎都是一部血泪史。比如,小说中写到关基礼的爷爷关天鹏去海外是因为看到了一张带有欺骗性的招工广告："美国是一个文明国家，全体一视同仁；可承祀神祇，有钱、有房、有体面的生活；美国没有满大人，没有丘八，大人物不比小人物大……"但真实情况却是美国为解中央太平洋铁路的劳工之缺，华工到美国之后都被派去修铁路。由于工作环境的恶劣，"修铁路的一万多华工，死一路，埋一路"，沿修好的铁路线，留下了一千多座华工坟。司徒文倡的阿爷司徒贞铎飘洋过海去美国创业也充满艰难。小说中还写到天使岛，天使岛并不如其字面意义那样浪漫美好，实际是新移民的羁押场所，即移民美国的人飘洋过海登上美国国土后，首先要被送到天使岛羁押所接受审查。天使岛类同监狱，新移民实际被视作囚徒，"检查身体时不管男女都要脱光衣服，问话时颠三倒四，循环往复，往往要回答一些很为隐私的问题"，甚至要女人回答闺房性事，充满屈辱，毫无尊严可言。经过这样屈辱的审查之后，能否通过还未知，仍有可能被遣返。显然美国给予这些移民的第一印象不是美好的天堂，而是屈辱与折磨。司徒誉的曾爷爷的诗中所言"怎料埃伦委身地，不做国民作洋奴"，可能是移居海外的侨民对海外的美好想象与期待被现实的抵达击破后，产生的一种普遍性的感觉，而且这样的经历带来的隐秘痛苦一生都可能难于摆脱。当然随着时间的推移，到目下，天使岛这样的对移民明目张胆的歧视性的羁押场所已不复存在，但本土居民对移民的歧视心理却仍然存在。比如，司徒誉在参观天使岛时，"进大门的时候，两个身体粗壮的白人男子拦住了他们，喊管理人员来阻拦他们，两人强行把他们赶出了门，把大门反锁了"。对此小说中写道"美国有人依然从骨子里歧视华人"。当地的侨民对此也表现出极大的愤慨，"司徒卫国气愤地说：'这是歧视。'"但是历史中的惨痛记忆与现实中的不愉快的遭遇都不能阻止侨乡移居海外的热情，当第一代侨民在海外一站稳脚跟，就会把自己的妻儿接走（尤其是儿女，都迫切地希望他们过侨居所在国的生活，接受所在国的教育），并且也把自己的亲属族人带到海外，甚至于如小说中所写，许多人为了移民，争着去做别人的"纸面儿子"。如果说关天鹏等第一代移民是因为只能接收到来自西方人的欺骗性信息，那么从第二代起关于海外的信息则主要来自于自己移居海外的亲友同乡。这些人并无欺骗自己亲友族人的经济或其他方面的动机，应是可靠的信息源。但是仔细分析，侨乡人从这些亲友族人那里获取的关于海外的信息实际仍然是片面的。阅读小说的相关故事情节会发现，回乡的侨民往往是把回乡当作展示自己海外成功的机会，往往要营造一种衣锦还乡的景象，借以光宗耀祖，鉴于侨乡的社会结构依然是以家族为主要组织形式的宗法制社会，这样的展示可以提高本族在当地的影响力与话语权,这也导致了不同家族间的竞争性炫耀。这样的动机显然会导致这些侨居海外者把自己在海外所遭遇的艰辛与不堪隐藏起来,而把自己光鲜的一面尽可能放大突出。本土的侨乡人以从他们那里获取的信息建构起来的海外形象其实与关天鹏们相类似,也是被过滤美化的,因而第二代与第三代的侨乡人仍然是被这样的美好幻象吸引而侨居海外的,而第二代第三代侨民返乡时带回故乡的海外形象与第一代相似,仍然是过滤美化后的幻象。如此循环,如滚雪球,侨民群越来越大。旅居海外的侨民一方面有着受压迫受歧视的经历,会对海外（尤其是西方发达国家）的生活方式和文化观念产生一种本能的逆反与排斥,体现在侨民在侨居所在国努力保存原有的生活方式、社会结构与文化观念,形成了比当下的中国本土有着更多的"传统中国"的遗存华人社区以及更强的宗族观念；另一方面对发达的侨居所在国生活方式及文化观念却从骨子里是认同期待的,甚或是崇拜的,在其潜意识里有一种对本土生活及文化观念的自卑感,潜意识里是认可西方生活的优越性的。正因为这样,才会在家乡用侨居所在国的风格修筑骑楼以满足衣锦还乡的心理,也因此司徒文东三兄弟返乡时一律"三接头"美式装束,而且要在全村男女老少的围观之下,打开带回来的金山箱,其中装着的是自鸣钟、排球、刀叉、香水等西洋用品与金山橙、固体牛油、罐头、洋酒等西方食物。全村的男女老少对此是充满崇敬的围观。侨民文化观念中对西洋生活与文明有既渴望融入又抗拒排斥这样两种矛盾对立的因素，但是以前者为主，以前者为底色，后者更多的是积极融入受到不友好对待、歧视之后产生的一种逆反。衣锦还乡式的炫富式思维恰好又是中国人根深蒂固的文化心理。在此过程中，正是这种中国式的文化心理助推了侨乡民众对西洋仰视崇拜的文化心理的形成。

当这样一种对西洋的复杂心态随着侨民群体的日渐庞大且一代一代地积淀成为一种集体无意识，成为一种文化，即使是中国本土的经济发展与侨居所在国的差距变小，政治上也能平等交流，但是这样一种文化心理的改变仍需时日，甚至于会在这巨变时期陷入一种进退失据的窘境。《金墟》对此的呈现与思考是其深刻之处。对这样一种窘境的书写，主要是通过司徒誉访美期间与妻子伍晓蕾的见面呈现出来的。当司徒誉见到久别的伍晓蕾时，小说这样写他的感觉，"司徒誉感觉到了某种无法掌控的力量，他一直觉得可以掌握自己的生活甚至人生，但眼前的这一切显然他都是被动的，他只是一个接受者，这让他变得很不自信。这种非客非主，既生疏又亲和的感觉对比强烈，对他形成压迫"，"他和伍晓蕾之间不只是空间距离造成的感情疏离，这跟国内不一样，他们的生活习惯和价值观，身体里的文化细胞也在分离。她举手投足间，带有某些美国人的气质",正如小说中所言,司徒誉感觉他与伍晓蕾之间"背后是两个国家和两种文化的影子",在此人成了文化的象征物与承载体。司徒誉所感受到的对于掌握自己的生活与人生的无力感,他面对伍晓蕾及伍晓蕾式生活的不自信与压迫感,显然不是来自作为生命个体的伍晓蕾,而是从生活习惯到价值观、身体里的文化细胞已经美国化的伍晓蕾背后的文化。司徒誉的无力感、不自信与压迫感仍然源于如其前辈侨民一样的对此种文化的仰视崇拜与逆反。与其前辈不同的是,在其前辈侨民那里,这种复杂的文化心理主要源于中美经济、科技与政治实力的差距,而对司徒誉而言,却更多的是因为文化观念与经济、科技、政治相比,其变化的滞后性。当经济飞速发展带来了国家民族国际地位的提高后,在侨文化环境中成长起来的侨乡人极其渴望以一种自信的姿态面对曾经强势的西方世界,但却因为受旧有文化的牵扯,往往陷入一种进退失据的窘境。比如,司徒誉坚持不叫其女儿的英文名字而叫已经很少有人称呼的中文名字"秀秀",在这里两个名字显然喻指两种文化,但这种坚持真是种自信的姿态吗?正如文中所言"一个人没有自信,连女儿的名字怎么叫都会计较,看世界的眼光也是扭曲的",或许这正是一种不自信。司徒誉在美国的家里有这样的感觉"只要在这个空间他永远不会拥有自信",但是把自己封闭在属于自己的空间里的自信感是种真正的自信吗？侨乡人需要摆脱以往的文化心理以一种自信的姿态面对世界，但怎样才是自信，却是一个需要思考的问题。《金墟》中作者意识到这一问题，写出了自己的困惑与思考。

《金墟》是一篇构架宏大的小说，除了对侨乡文化的思考与呈现，以赤坎侨乡为原点，从时间与空间上向多个方向延伸，涉笔历史与现实的多个方面，比如家族之间的斗争、美国工人运动，历史上的农民起义、共产党领导的农民运动、种族歧视，以及官场商场的明争暗斗、富家子弟与伶人跨越门第等级的爱情，多条线索交织，每个故事都有极大的言说空间，可惜限于篇幅，大都没有充分展开。另外，《金墟》显然不是典型的小说，尽管是以司徒文倡与司徒誉两代人的建城故事构建起小说的总体框架，但却不是以故事叙述为中心，里边包含了作者对侨乡建筑、侨乡历史文化的多方面的研究与思考，形成了一种学术味的别样小说样式。这样的写法是否成功可以讨论，但这样的探索与尝试精神应该是值得肯定的。正因为这样，在小说的叙述中散落着许多思想的火花，比如前文述及的司徒誉关于文化自信的思考；再比如赤坎新城的建设者司徒文倡在新城建设完成之后对其产生的质疑，"有一种莫可名状的空虚"，对所建新城"有一种疏离之感"，"从前的砖木瓦屋一朝消失，改变巨大梦幻感就越强烈，新城把他童年的记忆抹掉了，身在故乡却感受不到故乡的存在";而到了司徒誉一代,这样的困境仍然存在,如不加修复改造,赤坎古镇在自然力的侵蚀之下在不久之后将不复存在,但是依靠商业运作是否真能留住古镇的历史记忆?小说最后写到司徒誉走在即将修复改造完成的赤坎古镇街上时的感受与困惑:"这里成了名副其实的空城","记忆失去了对应物,再无参照。记忆附着物没有了,许多记忆将永远消失,再难忆起"。这种记忆的附着物其实不仅仅是建筑物,还有生活于其中的人。对古镇而言,"当建造它的人、居住它的人、改造它的人"都"离它而去时","它还能再次复活吗?"这样依托经济的修复改造留下的可能只是古镇的外壳,而且这种外壳亦似是而非,而其文化内蕴可能在人力的作用下消散得更快。一位著名的学者在谈及鲁迅作品时,曾说"鲁迅的思想是在反复质疑中旋进的",散落于《金墟》中的许多思考也有着这样的"反复质疑中旋进"的味道。这样的思考其实有着不依赖于小说叙事与小说体式的独立价值。

同样值得注意的,是简媛的长篇小说《棘花》。与其第一部长篇小说《空巢婚姻》旨在历时性地表现一家三代女性悲剧式的轮回命运不同,《棘花》则是聚焦于一个女性,即小说主人公杨素,以她的工作、家庭、身世等为线索来辐射,逐渐展开了一幅更为宽广的社会画卷。小说之所以能达到这样一种历时与共时相交,个人与社会相连的表现效果,一个重要的原因,便在于对主人公身份的选择和定位上。杨素是一名中医院肛肠科的主治医生,可以说,无论就其职业还是工作环境来说,都是比较特殊的。医院可以说是一个治病救人的专门场所,而医生则是亲自完成这一工作的人。人们因为生病而来到医院,又会因为被治愈而离开医院,可以说,医院就是一个病患的集散地。人是否会生病,又会得什么样的病,这都是不会因为身份地位或职业的不同而改变的。所以医院同时也就成了上至高官显贵,下至平民百姓各色人等、各个阶层都可能汇聚的地方。从某种角度来看,医院也可以成为一个社会的缩影,而且常常在这里,才会表现出人们最真实的一面。正是由于医院和医生本身所具有的职能和特点,才能够为主人公杨素接触到不同阶层不同身份的人提供了可能,这是整部小说故事情节得以展开的重要基础。

假如我们以医院这样一个叙事空间为聚焦场域的话,就会发现,这里既有像纪鹰一样身份显赫的高级官员,又有像黄志明这样坐拥宏景集团的企业家,还有像卓尔这样误入歧途的律师,像梁子然这样的花花公子,而更多的恐怕还是像墨兰这样的普通老百姓。小说的巧妙之处就在于,如何将这些身份地位悬殊的人联系在一起,而这一重要的纽带就是医生杨素。杨素在这里不仅仅是这些人的主治医生,她与他们还有着更深层的联系。小说的主体部分,也正是以杨素逐渐发现自己的身世之谜为主要线索展开叙述的。却原来,身为副市长的纪鹰便是杨素的生父,而身为清洁工的墨兰竟是杨素的生母,身为大老板的黄志明,不仅与纪鹰是曾一起共事的老友,也是杨素的丈夫周亚宁的老板。总之,这里的人都与杨素之间有着直接或间接的联系。小说中诸多人物之间的关系,在某种程度上讲,是作者有意建立起来的,目的是为了使小说故事情节更加顺畅合理地演进。倘若我们切断各个人物之间这种被作者人为建立起的联系之后,仅仅以他们各自固有的身份来加以审视的话,那么作者欲以横截面的方式揭露和表现整个社会"病症"的意图就更加明显了。

墨兰是小说中第一个被杨素医治的病人。她虽是一位女性,但在每次医治的过程中所表现出的镇定和坚忍,却是很多男性都不具备的。用小说中的话来形容墨兰,她身上有一份"单纯的宁静""朴实的善良"以及"卑微的内敛"与"沉默的坚忍"。这些被杨素一眼便洞察和感知的品质,只有在小说对墨兰人生经历的徐徐展开中才逐步在读者头脑中深化起来。先抛开墨兰与杨素的关系不谈,小说中来到医院看病的墨兰无疑是农村贫苦家庭中老妇人的典型代表。儿子在南方打工,儿媳又即将临产,为了减轻家里的负担,年事已高的她还不得不继续做那些卑微的工作来补贴家用。可以说，小说中的墨兰实际上代表了社会中最底层的劳苦大众，作者正是以墨兰这一人物为窗口，将下层民众的生活现状在读者面前进行了呈现。小说中第二个被杨素医治的便是身为副市长的纪鹰。纪鹰在小说中的形象可以说一直都是威严端正的，但这一看似高大伟岸的形象背后却也是牺牲了身边人换来的。在爱人墨兰最需要他的时候，作为知青的他却选择了抓住唯一的返城机会，暂时将墨兰以及还未出生的女儿杨素留在了客界，奔向了自己光明的前途。如果说，造成纪鹰留下无法弥补的遗憾要归结于时代之因的话，那么小说中那支笔帽上留有裂缝的英雄牌钢笔，便可以看作是纪鹰本人最好的象征，那道裂缝就是历史在纪鹰心中留下的不可磨灭的伤痕。小说中作为政府高官的纪鹰与身为企业老板的黄志明之间的暧昧关系，多多少少也是对社会中某种复杂利益关系的展现。只不过在这里，作者有意维护了纪鹰的正面形象，没有把他塑造成官商勾结的典型，但是黄志明却不可避免地成为被批判的对象。

从作者倾注笔墨的多少来看，黄志明绝对算得上是作者着力塑造的人物之一。小说对黄志明这样一个企业家的刻画，总不免让人联想到茅盾《子夜》当中的吴荪甫。黄志明有着与吴荪甫一样的雄心，也有着与吴荪甫一样的狡黠与无情，同样地，他也有着与吴荪甫一样的失败结局。黄志明无论是对自己曾经的挚友纪鹰,还是对自己手下的得力干将周亚宁、蒋磊,甚至是对自己的女儿黄小米,都有着或多或少的利用成分。他之所以来到杨素所在的中医院看病,除了治病,他还怀揣着别的目的,那就是想利用杨素与纪鹰的关系,通过杨素的丈夫周亚宁软硬兼施地打动纪鹰,从而实现自己的投标计划。黄志明的失败,看似是诸多不确定因素导致的,但实际上却多是他自己促成的结果。正是因为他的放任不管,才让自己的女儿在插足周亚宁夫妇婚姻的道路上越陷越深,也使得周亚宁不愿继续负责宏景集团在 C 国的项目。最终,黄小米为爱疯狂,险些酿成更大的惨剧,而周亚宁则对黄志明彻底失去信任,不再继续做他的提线木偶。至于 C 国项目的彻底失败,除了黄志明的任人不利之外,更重要的则是他对手下蒋磊的冷酷无情导致的。

如果说墨兰是社会底层民众的代表,纪鹰、黄志明是社会上层人士的代表,那么其他人如卓尔、梁子然以及杨素自己,则代表了处于两个阶层中间的社会人群。卓尔是纪鹰的妻子卓凡的弟弟,但是他却与自己的父亲和姐姐关系并不融洽。卓凡一家究竟有着怎样的爱恨情仇,作者在小说中并未展开叙述,但是从仅有的叙述中我们不难得知,卓尔的原生家庭也并不幸福。卓尔来医院看病时的身份是看守所里的犯人,而更为讽刺的是,卓尔原本却是一名律师。在杨素深陷医闹纠纷的时候,卓尔为了帮助杨素,拿出了自己的律师证。然而就是这样一位律师，不仅染上了吸毒的恶习，还染上了艾滋病，而这些都是拜卓尔的前妻所赐。卓尔为什么会落得如此下场，小说虽然没有作更多的明确解释，但应该说，卓尔和卓凡这一条故事线还仅仅是一条虚线，作者无意将它填实，主要的原因可能还是因为它与小说的故事主线的关系并不紧密。但这些都不妨碍卓尔作为社会中间阶层人士的代表被我们所审视。梁子然是周亚宁的同窗，也是周亚宁的同事。与周亚宁的优柔寡断不同，梁子然身上更多的是花花公子般的放荡。可以说，梁子然是个没有明确生活追求的人，他的生活更多只是享乐。但是梁子然也会偶尔迸发出超乎常人的清醒，关于周亚宁的事，有时候他看得更清楚，他也能在与杨素短暂的接触中，发现杨素身上连周亚宁都体察不到的善良和美好。如果说，梁子然也是有"病"的话，他的"病"主要还是他那放荡享乐的生活方式对自身的蚕食。

事实上，在这篇小说中，有"病"的人不仅仅局限于医院中。黄志明的妻子肖莉以及黄志明的手下蒋磊本身就患有严重的精神疾病。肖莉整日在对丈夫的患得患失中生活着，而蒋磊则被嫉妒与报复心理所彻底摧毁。黄志明的女儿黄小米，也因为追求爱情而偏执到疯狂的地步，为了逼迫杨素与周亚宁离婚，竟拿刀胁迫杨素的女儿。杨素的养母王荆花为了逃避失去女儿的现实而选择了失忆。杨素的好友菲儿，由于怀着对婚姻的恐惧而选择成为不婚族。杨素的同事胡颖，将医院视为了职场，忘掉了作为医生的真正职责，关键时候竟能抛下正在手术中的患者。杨素女儿（凡凡）学校的史老师，在试图利用凡凡来满足自己的利益未果后，就开始对凡凡和杨素横眉冷对了。"胸毛男"故意利用自己病危的父亲引发医闹来获取医院的赔偿。这些人难道不都是这个"病态"社会中的"病患"吗？

小说中最后一个特殊的病人，不是别人，正是为他人进行疗救的医生杨素自己，杨素最终失明了。小说以杨素的失明开始，又以杨素的失明结束，以一种倒叙和不断回忆式插叙的手法，创造了一个回环的小说结构。小说在开头便交代了杨素失明的结局，这就使得我们怀揣着"她为什么会失明？"的疑问展开了小说的阅读；然而在结尾处，小说又在杨素失明后戛然而止，这又使我们不得不重新带着这个疑问回味整篇小说，重新审视主人公杨素的人生。杨素为什么会失明？这也正是作者在小说《后记》中提出的问题。作者在小说《后记》中写道："在《棘花》里，'失明'既是一种逃离真实世界的方式，又是一种无限接近内心世界的途径。于是，造成失明的原因也成为'棘花'的'因'。"事实上，杨素会失明，在整个小说的叙述过程中都是有所铺垫的，每当杨素过度劳累或受到大的情感刺激后，就会出现视力模糊的症状，而且随着时间的推移，症状持续的时间也在变长，所以杨素的失明，并不显得突然。但是致使她失明的深层原因却还是需要我们去小说中寻找。

其实，杨素的人生经历，也恰是一种与周围人互为因果的苦痛与救赎的回环。最初始的那个"因"可以说是杨素的生父纪鹰种下的。四十多年前，身为知青的纪鹰为了返城而选择暂时丢下自己的爱人墨兰以及她腹中的孩子。这是墨兰被迫离乡、杨素成为杨楚和王荆花夫妇养女的开始。杨楚和王荆花夫妇一方面出于对墨兰的保护，一方面也出于自己渴望得到一个孩子的私心，致使他们欺骗了墨兰。可以说，杨楚夫妇收养杨素的行为本身，就是私欲与救赎交织并存的，但无论如何不能否认的是，这其中救赎的成分一定是大于私欲的，这种救赎既指向墨兰，也指向杨素。也正因为此，杨楚夫妇才会在之后的生活中默默承受更大的压抑与苦痛。收养杨素是杨楚夫妇种下的"因"，而隐藏杨素的身世之谜，饱受村人非议，在患得患失中煎熬地生活，则也是杨楚夫妇不得不承受的"果"。杨素从此成为客界这个山村中，被村人讥讽为"绝代户"的普通人家的孩子，而这一"果"却是纪鹰与杨楚夫妇共同的"因"促成的。如若不然，杨素的命运将是另外的两种境遇，要么过上如弟弟纪晓芒一般的高干子弟优越生活，要么便是在荒野中孤独地死去。杨素终究还是走上了一条苦痛与救赎回环交织的路。

杨素因为身材和长相，很早就被村里的寡妇指认为了红颜祸水，而之后的事实证明，这原本作为女性值得骄傲的外在形貌，却给自己招致了祸端。杨素遭到表哥的侵犯，可以被看作她人生中受到的第一次极其严重的伤害。这次伤害甚至也成为她在大学期间与室友尹婷发生冲突的潜在导火索，甚至在此之后成为被丈夫周亚宁，甚至养母王荆花诟病的肛肠科医生等一系列事情，都可以看作是这件事的连锁反应。但是杨素之所以能够在这次重创后继续坚持求学，甚至坚持做一名肛肠科医生，对她起到关键性救赎作用的人竟还是她的生父纪鹰。就在杨素身处冻饿而死的绝境时，她遇到了恰巧回到客界寻找墨兰的纪鹰，纪鹰向她施予援手并送给了她自己珍藏的钢笔。纪鹰对杨素的救助，并非只是出于简单的恻隐之心，而恰恰是因为杨素长得太像她的生母，也就是纪鹰的恋人墨兰了。这或许看上去太巧合了，但实际上其中暗含了因果。纪鹰的这一次救赎，不仅救赎了杨素饥寒交迫的身体，更重要的是救赎了她的灵魂，在她那已经变得晦暗的心灵里重新注入了阳光。正是纪鹰对杨素说的这句话："好好学习，等你有能力帮助需要你帮助的人时，你就找到我了。"它支撑杨素完成了自己的学业，让杨素即便是被分配到自己不喜欢的肛肠科，也依然能感受到被他人需要的成就感和幸福感，更让外表看似冷漠的她却能默默资助贫困地区的孩子读书，甚至去帮助像墨兰这样素不相识的陌生人。这句话为她注入了一种崇高的信念:"她一直在寻找机会帮助真正需要她帮助的人。"于是,当她看到坚忍善良的墨兰身处困顿时,她便本能地想施予援手。因此,这些"果",又可看作是纪鹰那次救赎种下的"因"。

　　杨素遭受的第二次打击,无疑是发现丈夫周亚宁的出轨。原本满心期待丈夫回国的杨素,却在丈夫即将归来时收到了丈夫出轨对象的短信。这个出轨的对象不是别人,正是周亚宁的老板黄志明的女儿黄小米。杨素与周亚宁的结合,一直以来被杨素的好友安若、菲儿等人所羡慕。他们是真正的俊男靓女,一个是医生,一个是企业的高管。在任何人看来,这样的婚姻都应该是美满的,他们婚姻的好坏甚至成为加入不婚族的菲儿决定自己是否结婚的衡量尺度。杨素和周亚宁的结合原本也可以看作是互相的救赎。杨素和周亚宁的原生家庭其实都不好,杨素从小生活在一个被村里人鄙夷和非议的家庭中,她一直不理解为什么母亲王荆花总是对老实憨厚的父亲杨楚处处压制;而周亚宁则干脆就是一个失去双亲的孤儿。杨素在周亚宁家徒四壁、一贫如洗的时候选择嫁给了他,而周亚宁则真正把杨素从过往的"黑房子"中解救了出来。周亚宁出国的初始动机,不为别的,还是希望自己能有更大的成就,有足够的物质基础,从而让妻子摆脱那个在他看来不体面的工作后,依然能过上衣食无忧的生活。但是他一来没有理解妻子对工作的真正态度和信念，二来陷入了黄小米的诱惑和阴谋，最终酿成了出轨的事实。周亚宁的出轨，除了使杨素的内心再次回到那个"黑房子"外，还给杨素带来了更多的次生伤害。首先，是女儿凡凡敏锐地感受到了父母二人的感情变化，加上同学恶意的嘲讽，使得幼小的心灵受到了伤害。其次，是来自黄小米的攻击。黄小米借助父亲黄志明的猝死，故意引发医闹事件，在杨素召开的新闻发布会上故意刁难，最后甚至持刀胁迫杨素的女儿。幸运的是，在这几次杨素陷入险境的时候，总能有人站出来为她化险为夷，一个是她的生父纪鹰，一个是暗恋她的病人卓尔。纪鹰能站出来，既是一种对杨素的补偿性救赎，更是作为一个父亲应该有的担当；而卓尔则是因为杨素在救治自己身体的同时，也救治了自己的心灵，这使得卓尔在危急关头能够挺身而出夺下黄小米手中的刀，救下了杨素的女儿凡凡。所以，杨素与卓尔之间的救赎依然是相互的。

　　杨素救治了那么多的病人，最终自己却失明了，而她的失明却不是一朝促成的，所谓冰冻三尺非一日之寒，这正是在一次次地遭受打击和伤害后，郁结而成的病。杨素彻底失明是在得知养父杨楚去世的消息后，而在此之前，养母王荆花因为不愿接受女儿被夺走的事实而患上了选择性失忆，不再认识杨素；丈夫周亚宁怀着对她的巨大愧疚只身奔赴新疆；知道了自己真正身世的杨素，凭空多了许多的家人，但自己原本那个家却散了，养父去世，养母假装不认识自己，丈夫远赴边疆。如果说，多年前是因为亲生父母纪鹰和墨兰以及养父母杨楚和王荆花共同改写了杨素的命运，那么，当杨素逐渐解开身世之谜后，自己的命运似乎又再次发生了戏剧性的置换。至此，杨素的人生苦痛与救赎的回环之旅再次开启。墨兰似乎看到了杨素内心真正的症结，能够让杨素重新开心，重获光明的方法，就是找回失去的家人。于是，墨兰再次回到客界试图说服假装失忆的王荆花，菲儿也奔赴新疆，准备找回周亚宁，所有人都踏上了对杨素的救赎之路。

王啸峰的《芥末辣椒酱》这一旨在冷静呈示当下普通民众日常生存苦境的短篇小说，之所以要采取一种如此特别的命名方式，恐怕与小说中的这样一个细节紧密相关："陈泽看见是一个旧烧烤架，还带电烤的。以前在老家，他最喜欢夏天跟朋友们到郊外烧烤，他最擅长的是烤腰子，处理得很干净，蘸料是他自创的芥末辣椒酱。大家都争着吃，酸着鼻子流眼泪，笑着说真过瘾。喝着啤酒嚼着串，望着彩霞，他觉得无数赞美天气和景色的话语，都来自于个人心情。"所谓的芥末辣椒酱，到底是什么样的一个滋味，因其为陈泽所自创，所以，我们也只能联系芥末和辣椒这两样味道本来就极其辛辣刺激的物事来给出相应的想象。既然能够取得让人"酸着鼻子流眼泪"的效果，那我们自然也就差不多可以推想出那样一种真正可谓是五味杂陈的强烈刺激程度。关键的问题是,即使是芥末辣椒酱的"始作俑者",陈泽也都不可能料想到,自己一家人的生存状态,在未来的某个时段,竟然会悲催到直如"芥末辣椒酱"那般甚至会五味杂陈到难以言说的严重程度。

某种意义上,王啸峰的这个短篇小说所严格遵循的,乃是海明威的所谓冰山理论。尽可能地借助对陈泽和林梨他们日常生活状态极俭省的描摹和勾勒,将掩藏于海平面之下更丰富的生存苦境不动声色地呈现给广大读者,可以被看作是王啸峰思想艺术追求的根本所在。陈泽和林梨,他们夫妻俩原本生活在一个北方小城,陈泽是记者,林梨是小学教师:"如果人生就是简单地一天一天被复制,那么,他很有可能做到总编,林梨肯定会成为高级教师。"但所有的这一切,却因为他们俩唯一的爱子意外患病而被彻底改变:"总之,这个家庭的命运在三个月前那份化验单出来后,就彻底改变了。"尽管小说并没有明确交代儿子的具体患病情况,但从他们夫妻俩为了儿子的病情得到积极有效的治疗,宁愿舍弃稳定的工作和生活,也要坚持离开家乡前往南方的那个大城市去打工谋生的毅然决断本身,我们也不难想象到儿子疾病的严重与凶险程度。尽管说由于他们的积极努力,儿子的生命曾经一度得到有效的延缓(由文本中的相关时间因素即不难推断出,具体的被延缓时间为十四年),但却终归还是在一年前不幸弃世。这一点，自有相关叙事段落为证。小说结尾处，当堆放在阳台上的那些纸箱被打开后，出现在众人面前的东西竟然全都属于成长中的孩子："足球、铅笔袋、漫画书、地球仪、奥特曼、大吊车、小学课本、24号球衣、旅行背包、彩色铅笔、超人钥匙扣、游戏机和键盘、乒乓球和球拍、汽车和飞机模型、手持金箍棒的孙悟空……"一种实际的情形是："'今天是林姨儿子去世一周年纪念日。'苏婷别转头，面朝背面小房间。"

关键的问题是，同样是由于罹患疾病的缘故，林梨自己（从表征看，极有可能是阿尔茨海默症或者抑郁症，又或者是二者兼有）竟然也已经糊涂到连儿子去世都不复知晓的程度。这一点，主要通过陈泽和林梨之间的一次对话而表现出来："'我还是想带她回去。'陈泽转头对林梨说，'我们回老家吧！'""回去？回哪里？说不定明天他就回来了，找不到我们，怎么办？你说他这么小的孩子，该怎么办？你想让他露宿街头，还是被别人拐走？"因为出现了记忆障碍，或者失去了正常的感知能力，所以林梨不仅对儿子的去世"一无所知"，只以为他不过是不慎走失，而且身边须臾都离不得人。一不小心，她就会陷入某种极其危险的幻觉之中。比如，她的那次有惊无险地突然骑跨在窗户上，用黄胡子在电话里的描述，就是："林梨骑跨在窗户上手舞足蹈。蒋太太叫了消防队，刚把她拉回屋里。你别慌啊!'"对自己的行为动机,林梨给出的说法是:"林梨转过头,指着窗户:'那里有道光,光里有个人影,模模糊糊的,像个孩子,我想出去看看清楚。'"虽然只是一个病人的幻觉,但却明显暴露出了她潜意识中对儿子那种牵肠挂肚般的坚定母爱。黄胡子的外甥女苏婷之所以会出现在他们家,正是为了陪伴林梨。

但对陈泽来说,生活的残酷之处,除了儿子的病逝以及妻子罹患疾病之外,更表现为连同他自己也都处于无名病痛的困扰之中。文本中与此有关的细节分别是,一、"陈泽加快了喝粥速度,趁林梨不注意,吞下手里捏着的两粒药"。二、"药片开始起作用。他像坐在一只破旧吊桶里,被机械地拖拽着往井口方向去,很慢很无力"。三、"自己也就算了,可谁来照顾林梨呢?神经科专家配给他药时,说得很清楚:只能缓解,不能根治。什么时候有症状的?他自己也说不清,肯定是来南方之后"。尽管小说到后来也并没有交代陈泽的疾病名称,但他的病情已经在某种程度上影响到了他的日常工作,这却是无法被否认的客观事实。这一方面的一个突出细节就是,身为丧仪主持的他,竟然忘记了"再鞠躬"后紧接着的"三鞠躬"。之所以会是如此,主要是因为他的一时走神:"他请大家鞠躬:'一鞠躬!再鞠躬……'眼前,出现了儿子欢快的样子,他愣住了。"借助这一细节,作家在写出陈泽病症的同时，也更是写出了他潜意识中因儿子去世而难以平复的尖锐精神创痛。

既然不仅大老远地从遥远的北方小城跑到南方大城市来为儿子治病，而且还为此而辞去了工作，那陈泽和林梨夫妻俩所面临的一个重要问题，自然也就是生存所急需的就业，以及连带的经济方面的入不敷出。文本中这一方面的细节，也可以说比比皆是。比如，"陈泽走进一家便利店，买一桶最便宜的方便面"；进菜场买菜，因为考虑到苏婷刚到，他"狠狠心，买了五花肉、茄子、空心菜"。比如，"他们在那里已经整整生活了十五年。这些年来，蒋太太房租涨幅保持了最大宽容，他对此一直心怀感恩"。比如，蒋太太对陈泽说："那边催款有点急，我又跟他们说过了。好在，你现在收入还比较稳定。"再比如，"陈泽打开纸条，物业费、电费、水费、煤气费，还有垃圾清运费、楼道保洁费。他苦笑着说：'我去付，马上马上。'"将以上这些细节叠加在一起，所表达出的，自然也就是陈泽他们一家因罹患疾病病而导致的日益严重的艰难生存苦境。到最后，或许是出于对陈泽和林梨他们艰难生存苦境的深切同情，苏婷竟然不管不顾地私自放走了他们夫妻俩。事实上，也只有到这个时候，我们方才能够彻底搞明白，却原来，以照顾林梨名义突然现身在陈泽他们家的黄胡子的外甥女苏婷，所肩负的真正使命，乃是暗中监控陈泽和林梨夫妻俩，坚决不允许他们在身负重重债务的情况下悄然隐踪。

最后,无论如何都必须强调的一点是,面临艰难生存苦境的,其实也不只是陈泽他们一家。除了他们一家,其他比如包括黄胡子在内的很多内地人,之所以会从五湖四海以租客的身份汇聚到这座南方的大城市,成为蒋太太们的租户,根本原因也是为了治病的缘故。这一方面,一段不容忽视的叙事话语,就是:"蒋太太给他介绍的工作,都是机动灵活,留有余地的。她太了解这里的租户,最贵的时间都要放在病房、治疗室里,剩下的用来谋生。"从根本上说,正是凭借如此一种看似不经意的叙事话语的存在,为王啸峰在小说中所精雕细刻的陈泽他们一家的生存苦境,增添了某种艺术表达上的普遍性。在这个意义层面上,把《芥末辣椒酱》看作是一篇尽可能地以一种冷静的不动声色的方式描摹表现如同陈泽、林梨这样的普通民众艰难生存苦境的精彩短篇小说,也可以说是毋庸置疑的一种文本事实。

第六章 现实审思、科学叙事与精神暗伤

阅读《我的岁月静好》，首先引人注目的，是作家对当下中国社会的高度关注与精细观察。当下正处于发展关键阶段的中国社会，充满着各种盘根错节、错综复杂的矛盾冲突。导致如此一种乱象丛生的一个根本原因，大约就是人不得归其位的荒诞式错位："买股票的不懂股票，搞企业的不懂经济，管学校的不懂教育。其他的不说了，这几样都与你有关。你问你代账的那些公司老板，懂经济吗？红火只是三五年，挣点钱，再赔进去，本来好好的，终于整出了窟窿，有的万劫不复，上吊的，跳楼的，喝老鼠药的，好点的跑掉了，到天涯海角，跑不掉不愿死的，就当死狗，要钱没有了，要命有一条，这样的你应该也见过几个吧？"以上这段叙事话语，是由身兼第一人称叙述者功能的主人公"我"也即德林对妻子马莉所讲述的。

因为对话者是马莉，所以德林所罗列出的便是与马莉的职业紧密相关的这些具体领域。由此而类推，社会的其他方面，甚至于整体意义上的社会机制与管理，恐怕也都在不同程度上处于同样不堪的状态之中。大约也正因为如此，所以，马莉和德林才都会承认，自己已经"看不懂这个世界"了。与此同时，我们也注意到，作家不仅在文本中曾经数次提及中国古典名著《金瓶梅》，而且也还有过这样一段讨论欲望的叙事话语："人心不足蛇吞象，市场也一样，因为是人的市场，注入了人的欲望。而对财富的欲望，又是全民性的。谁都想拥有财富，都有财富的欲望。这种欲望通常被称为人民群众对美好生活的向往。"如果我们不仅把《金瓶梅》理解为一部欲望之书，而且把当下时代的中国理解为一个欲望毫无节制地空前膨胀的社会，自然也就可以把杨争光的《我的岁月静好》看作是关注表现这个欲望社会从现实到精神层面上的各种怪现状的长篇小说。尤其是，在这段叙事话语中，杨争光竟然不无创造性地把人对财富日益膨胀的欲望表述为"人民群众对美好生活的向往"，其尖锐的艺术反讽力量由此即可见一斑。同样不容忽视的，还有文本中关于财富获取方式的谈论。多少带有一点吊诡意味的是，一方面，很多时候都处于身无分文状态的德林总是要接受二哥（不是"我"的亲二哥，只是非常要好的朋友）他们在经济方面的接济，但在另一方面，德林却总还是要忍不住地在财富的拥有方式上吐槽二哥他们。尽管小说并没有具体展示描述二哥他们获取财富的具体方式,但通过德林那不无愤激情绪的言论,我们却完全可以断言其获取方式的不正当。正因为如此,德林才会得出更进一步的推论:"要拥有就只能不洁,要干净就一定穷酸。这一财富的等式在现实世界里是不变的,适合每一个如同传奇一样的财富故事。每一个财富的拥有者都心知肚明。"在一个以财富的拥有为突出标志的欲望社会里,既然财富的拥有方式只能是不洁,那这社会性质的不公且不义,以及普通民众日常生存之艰难,就是难以否认的一种客观事实。被二哥们戏称为"精神贵族"的德林,之所以虽然不无偏激之嫌,但却宁愿被看作"懒",也仍然坚持要远离财富,根本原因正在于此。

作为小说重要情节的李不害杀人案和德林家的被强行拆迁这一事件,就可以被看作是不公不义的现实社会中普通民众艰难生存处境突出不过的症候式表现。我们这里要重点展开分析的,乃是李不害的杀人案。从具体的案情来判断,杨争光笔下的李不害杀人案,带有突出的非虚构色彩,可以说是对类似新闻事件一种巧妙的文学性化用。时年三十六岁的李不害,是德林家的邻居,虽然年龄不小,但却一直未婚。不间断地连续击杀金家父子三人(父亲金疙瘩、儿子金雷与金电)的这一看上去残酷无比的杀人案件,事发于那一年的大年三十。李不害在用榔头砸倒金雷之后,紧接着砸倒金电,并用尖刀在割喉的同时,连续捅其要害部位。然后,返回,用尖刀捅刺金雷,并割喉。接下来,又窜入金疙瘩院内,用同一凶器,同样的方法,致使金疙瘩当场死亡(请一定注意叙述者的谨慎描述。在叙述以上凶杀过程的时候,他所反复强调的,是置身于杀人现场的自己根本无法确定相关当事人"是否当场死亡")。关键的问题在于,李不害之所以一定要采用如此这般残忍的手段连杀三人,与其母二十三年前的不幸遭际紧密相关。二十三年前,也就是李不害年仅十三岁的那一年,由于其母不仅与金疙瘩一直不卯,而且还总是要在看到金疙瘩的时候或朝天或朝地连吐三口唾沫,而惨遭金家三个儿子在其父金疙瘩唆使下的当众群殴毒打,结果是:"李不害他妈的眼再也没有睁开,鼻子吹了一阵血泡之后,就死在了李不害的怀里。"更有甚者,为了查明李不害他妈的死亡真相,司法机关又在众目睽睽之下进行了同样不无残酷的解剖尸检。但即使如此,案件的处理结果却仍然无法令李不害心服口服。这里一个不容忽视的问题,很显然是官官相护这样一条潜规则的存在。

正如同大家所熟知的罗生门事件一样,围绕李不害的杀人案件,出发点迥然有别的控辩双方给出的理解和描述也表现出了明显的不同。不仅把李不害判定为反社会人格的拥有者,而且一心一意地要置李不害于死地的"公诉版",在又一次详尽地罗列了李不害的犯罪事实之后,认为:"足见其杀人犯意之坚决,作案手段之凶残。被告人选择的作案时间是在中国人最为看重的节日春节来临之际,大多数民众已回家团圆之时,光天化日,众目睽睽之下,老弱妇幼眼目之前,刻意伪装,嚣张行凶,连杀三人,给当地人民群众的心理蒙上阴影,引起社会的极大恐慌。"而更多地对李不害的杀人行为持理解态度的"辩护版"所刻意强调的,则是二十三年前母亲的被害对李不害所造成的严重心理伤害:"如此暴力血腥的死亡、如此惨绝人寰的场面,对一个年仅十三岁的少年的伤害是毁灭性的,除非他长的不是人心。童年时遭遇如此巨大的精神、情感和心理创伤,其长大成人的过程几乎不可能长成健全的人格,更容易造成一种严重的心理疾病,心理学称之为'创伤后应激障碍',其主要症状就是'记忆侵扰',即'受创时刻的伤痛记忆萦绕不去,出现严重的触景生情反应,感觉创伤事件再次发生'。"从根本上说,正是因为李不害二十三年来一直被一种仇恨心理所裹挟,被一种精神病症所折磨,并且无法得到积极有效的疏导与解劝,所以他才最终走上了这样一条以暴易暴的不归路。关键的问题还在于,以上分别来自于"公诉版"和"辩护版"的两种说法,到底哪一种更接近事件的真相呢?对此,很明显拥有一种形而上思考能力的叙述者"我"也即德林给出的带有一定思辨色彩的说法是:"能说出的,能描述的,只是事实。真相在事实里,却无法描述。这倒是同一个事实会有不同描述的真相。"事实可以被描述,真相无法被描述。一种不可以被描述的事物,是不是就意味着该事物的不存在呢?多少带有一点吊诡意味的是,真相的无法被描述,反倒成了同一个事实会有如同罗生门一样不同描述的真相所在。然而,事关真相有无的思辨,即使再深刻,也不可能改变杀人犯李不害最终被判处死刑的客观事实。虽然有辩护人的积极辩护,也有相关当事人从各个不同角度充分证明日常生活中的李不害并非大奸大恶之人,但到最后,李不害却终归还是难逃死刑的惩罚。

一方面,对李不害哪怕是以貌似正义的复仇为名连杀三人的暴力行径,我们无论如何都必须予以坚决否定。但在另一方面,需要引发我们深入思考的,却是李不害何以一定要表现得如此这般残忍。细细想来,李不害的人生路途中,曾经先后两次遭遇社会的不公和不义。第一次,很显然是其母二十三年前的不幸丧生。虽然说事出有因,但金家三兄弟在其父金疙瘩的唆使下,不仅大打出手,而且还致人于死亡的行为,由于官官相护的缘故而没有得到应有的惩罚,所证明的,当然是社会的不够公正。第二次,则是李不害为了复仇而连杀三人后最终被判处死刑。尽管辩护人从一种悲悯的人道主义情怀出发,特别强调"这一次的司法判决既能承载法律的威严，又能闪耀人性的光辉"，"刀下留人，给李不害一条生路"，但他们的辩护意见却还是遭到了法庭拒绝。也因此，虽然我们的确无意替李不害以暴易暴的复仇行为辩护，但他的被判处死刑仍然在某种程度上折射出社会的不公且不义，却也是难以被否认的一种客观事实。很大程度上，正是因为李不害先后遭遇了两次明显不过的社会不公，所以隐含作者的思想倾向也才会不无鲜明地偏向李不害一边。这样一来，也就有了两处耐人寻味的细节出现。其一，关于李不害这个人物的命名。明明早已被公诉人认定为社会危害极大的杀人犯，作家却偏偏要将其命名为"李不害"。不害者，与社会无害也。一位无害于社会的人，却偏偏不仅被认定为公害性人物，而且还非得以法律的名义治其死罪，自然没有什么社会的公义好谈。其二，作家在小说中以辩护人的名义而专门引述了黎巴嫩杰出诗人纪伯伦在其名篇《罪与罚》中极具人道主义色彩的相关言论。因其对我们理解李不害的悲剧命运有着太过重要的意义和价值，所以，请允许我将这段言论一字不落地照录于此。"在你们身上多数是人性，还有许多非人性，/是一个未成形的侏儒，在迷雾中梦游，找寻着自己的清醒。/我现在想说说你们身上的人性，/因为熟识罪与罚的只有它，不是你们的神性，也不是迷雾中的侏儒。/我常常听你们谈起某个错误的人，好像他不是你们中的一员，而是一个闯入了你们世界的陌生人。/然而我要说，即使神圣正直之人，也不可能超越你们每个人心中的至善。同样，即使是邪恶软弱之人，也不可能低于你们心中的至恶。/宛如一片孤叶，未经大树的默许就不能枯黄，/那犯罪之人未经你们的默许，就不能为非作歹。/你们就像一列向着人类'神性面'迈进的队伍，/你们是坦途，也是路人。""若其中一人跌倒，他是为后面的人跌倒，让他们小心避开绊脚的石头。/他也是为了前面的人跌倒，他们步伐虽然迅捷稳健，然而却没有移走绊脚石。"如果将纪伯伦的相关言论与李不害的杀人故事相对应，其中那个"未经你们的默许"就犯罪的人，那个为后面和前面的人"跌倒"的人，毫无疑问都可以被看作是在暗指李不害。尽管叙述者"我"曾经指责辩护人"迂腐"，不仅"太学究太掉书袋"，而且既然要引用名人名言，还只是引用了"一个不起眼的小国家"的诗人，但通过这种不无艺术反讽意味的方式，杨争光却巧妙地展示了自己立足于人道主义立场批判社会不公的思想价值立场。

就基本的思想内涵和书写方式来说，林筱聆这部以中国茶叶为主要表现对象的长篇小说《故香》，应该被纳入文化小说的范畴之中来加以理解和评判。一般来说，所谓文化小说，就是指那些故事情节主要围绕某种文化现象或者文化器物而展开的小说作品。新时期以来，这一方面的代表性作品，时间久远一些的，比如，阿城那部以中国象棋为聚焦点集中讲述身为下乡知青的"棋呆子"王一生故事的中篇小说《棋王》，冯骥才那部以中国男人的辫子为聚焦点，主要讲述天津卫的街头小贩傻二，以祖传的一百零八式"辫子功"享誉津门故事的中篇小说《神鞭》，以及另一部以中国女性的小脚为聚焦点，集中讲述贫家女子香莲先因"三寸金莲"之美而得以改变命运后，又在"赛脚"中从失宠到得宠并进一步成为缠足习俗捍卫者故事的中篇小说《三寸金莲》，王旭烽聚焦于中国茶叶的长篇家族小说"茶人三部曲"（《南方有嘉木》《不夜之侯》《筑草为城》）。晚一些的，则有江苏作家郭平的一部以古琴为聚焦点，旨在描写表现如同周明这样挣扎于文化理想主义和文化世俗主义之间的当代琴人故事的长篇小说《广陵散》。无论存世时间久远与否，所有这些文化小说的一个共同特点，就是都有着对被聚焦的文化现象或文化器物本身的精彩呈现。《棋王》的棋艺，《神鞭》中的那条不无神奇的辫子，《三寸金莲》中令人倍感惊讶的小脚，"茶人三部曲"中以红、绿、黄、白、黑、乌龙等为主要代表的各种茶叶，《广陵散》中以最终无声变哑的唐琴"长清"为代表的那些个性别具的古琴，都给读者留下了难忘的印象。既如此，同样作为一部以中国茶叶为主要聚焦对象的文化小说，林筱聆的《故香》也应该在对茶叶的描写上有突出的表现。但在我们展开这一方面内容的分析之前，首先有必要指出的一点是，从人物形象刻画与塑造的角度来说，一方面，《故香》固然是一部由若干很难被进一步做主次之分的人物形象共同组构而成的人物群像小说，但在另一个方面，如果可以把某一种文化器物也看作是人物形象的话，那么《故香》中一个简直就是无处不在的重要"人物形象"，恐怕就是以福建安溪的铁观音为具象代表的中国茶叶。这里的一个关键性问题是，既然已经有王旭烽示范性的"茶人三部曲"在先，那如何在有效规避王旭烽描写经验的前提下独辟蹊径，另外开出一条茶文化书写的路径，自然也就成为林筱聆所无法回避、不得不认真思考的一个问题。

请注意，对茶叶滋味以及茶香所做的精彩描写，不管怎么说都仅仅只是《故香》的一些局部和片段，要想成为一部成熟的长篇小说，除此之外，最起码，在合情合理的故事情节构建的基础上，也还需要有相应的艺术结构设置与人物形象的深度刻画。好在，林筱聆的《故香》也还的确能够满足我们这些方面的审美需求。一部小说，尤其是一部体量相对巨大的长篇小说，必须具备突出统合性的整一艺术结构。这一方面，王安忆曾经发表过相对精辟的见解："当我们提到结构的时候，通常想到的是充满奇思异想的现代小说，那种暗喻和象征的特定安置，隐蔽意义的显身术，时间空间的重新排列。在此，结构确实成为一件重要的事情，它就像一个机关，倘若打不开它，便对全篇无从了解，陷于茫然。文字是谜面，结构是破译的密码，故事是谜底。"既然结构被看作是一种"破译的密码"，那么，分析其具体的结构方式对理解把握一部小说的重要性，当然也就显而易见了。具体到《故香》，可以说林筱聆在艺术结构以及与此紧密相关的叙述方式设定上下了不小的功夫。从叙述方式来看，作品所采用的是第一人称和第三人称的混杂方式。整部小说由上、中、下三部组成，每一部分又分别由两小部分组成。上部的两部分分别是"去阿萨姆"和"故香"（一），中部的两部分分别是"去萨哈兰普尔植物园"和"故香"（二），下部的两部分分别是"大吉岭上"和"故香（三）"。上、中、下三部分的第一小部分，所采用的是一种第一人称的叙述方式，叙述者是一位名叫托尼·菲尔德的英国人。依照托尼·菲尔德的自述，他的父亲原本是英国一家茶馆的经营者。没想到的是，由于经营不善，更由于东印度公司的祸害，作为家族祖业的茶馆生意竟然破产了："我讨厌这样的父亲。他的父亲原本在伦敦最繁华的地段开着一家名为'美丽花园'的奢华茶苑，因为一次投资矿产的失败，祖父以酒浇愁，一个冬天的夜里醉酒冻死在路边。他是父亲的翻版，我们经常吵架。"既然母亲已经去世，父亲的茶馆生意也已经破产，那托尼·菲尔德的无奈选择，也就只能是想方设法离开英国伦敦这个令人心碎的地方。到后来，在约翰叔叔的帮助下，早已因为对罗伯特·福钧《在茶叶的故乡——中国的旅游》一书的阅读而暗中喜欢上了中国的托尼·菲尔德，却阴差阳错地来到了作为中国邻居的英属殖民地印度。当然，也只有在过了一段时间之后，托尼·菲尔德才通过约翰叔叔的来信了解到，所有这一切看似由约翰叔叔安排的行程，其实都是父亲生前意愿的体现。至于父亲自己，则早已在他离开的时候便自愿赴天堂和母亲相聚了。阴差阳错地来到印度的托尼·菲尔德，虽然满心不情愿，但也只好万般无奈地服从命运安排。好在，在他抵达印度之后，竟然不无神奇地先后邂逅了三位与茶叶紧密相关的中国人。对早已对中国茶叶有所了解的托尼·菲尔德来说，虽然没能如愿以偿地抵达中国，但能够意外地结识与茶叶紧密相关的三个中国人，也还算得上是一种不错的结果。以我所见，林筱聆之所以要专门设定托尼·菲尔德这样一位对中国、中国茶叶心存好感的英国人作为第一人称叙述者，其根本意图，正是要借用他者的眼光来观照描写林秉全、王之信和陈金鼎他们三位曾经一度在印度游荡的中国茶人。尽管制茶高手陈金鼎一直到下部中的"大吉岭上"方才登场亮相，但他们三位之所以会先后出现在印度，却毫无疑问是因为陈金鼎的缘故。却原来，因为父母不幸双双亡故，年仅六岁的陈金鼎，便只能寄居在林姓的姨妈家（也即林秉全家）。由于比他大十八岁的大表哥林秉全对他要求一贯严厉，他便在疏远大表哥的同时，和差不多同龄的小算盘（王之信）成为好朋友。如果说善于计算的王之信天然地就是一个商人的胚子，那么，打小就在摆弄茶叶的陈金鼎，就是一位无师自通的制茶高手。没想到的是，一件出人意料的事情，竟然发生在公元1860年年底。那一年，因为拥有民间正义感的小算盘拒绝把茶叶出售给欺负中国人的英国人，引发了一场争端。少年气盛的小算盘和陈金鼎他们俩，竟然不管不顾地与那个霸道的英国人扭打在了一起。事发之后，预感到官府会来找麻烦的小算盘，安顿陈金鼎先躲一下，约定好第二天上午卯时在码头见面。第二天，小算盘果然在约定的时间出现在了码头上。但却并不是一个人，不仅带着大表哥，而且还有两个身穿制服的衙役。由于陈金鼎错误地以为小算盘和大表哥是要把自己送官，所以便打定主意到洋行去应聘前往印度工作的制茶师职位。如此一番阴差阳错的结果，就是陈金鼎最终来到印度。从根本上说，林秉全和王之信他们两位之所以后来会联袂出现在印度，正是为了寻找陈金鼎的缘故。这一点，突出不过地表现在这样的两段叙事话语中。其一："你说，表哥和小算盘来印度找过我？他们真的找过我？陈中国'呜呜呜'地哭了起来，像个孩童。可惜我运气不好，他们去了阿萨姆，去了萨哈兰普尔，他们不知道我一直在大吉岭……"其二："你就是陈金鼎？！

林老板是你表哥？王之信是小算盘？我惊叫了出来。那两个衙役怎么可能是去抓你？怎么可能？！你表哥怕外国人再生事端，所以请衙门里的人帮忙，那是为了保护你！我看到熊熊的火焰映照着他，他的脑门可真光亮，他的辫子可真长，他的眼睛可真大。"事实上，借助以英国人托尼·菲尔德为第一人称叙述者的三个部分，作家林筱聆意欲实现的，最起码有三个方面的艺术目标。其一，以形象的笔触书写再现鸦片战争之后中国茶叶在包括英国、印度在内的一些国家流播盛况的同时，更是借助托尼·菲尔德这样一位中国茶叶的激赏者之口，对产自安溪的铁观音赞不绝口。其二，通过林秉全和王之信他们两位不惜千里迢迢，也要跨山过海地来到印度寻找陈金鼎的行为，强有力地凸显一代茶人彼此之间的那份真挚情义。其三，巧妙地借助一个外国人的眼光，在异国他乡的土地上，表现出了王之信他们源自本能的一种虽然朴素但却特别难能可贵的国族意识。比如，面对傲慢的英国人哈瑞，王之信那番可谓是咄咄逼人的言辞："这可惹恼了王之信，他的语气马上变成了质问。你们还没欺负人？你们跑去侵略我们中国，你们在人家印度的土地上肆意作为，你们到处搞殖民地，这还不是欺负？！说实在话，喝了那么多年中国茶，很多时候我还是看不懂眼前的这个中国人。他肯定没有林老板喝的茶多，他总是习惯正面进攻，而且每一次都火力十足。"无论如何不能忽略的一点是，这位第一人称的叙述者、英国人托尼·菲尔德，到后来，不仅自己摇身一变成了作家，撰写了一部名为《印度之泪》的带有明显纪实性意味的小说作品，而且他的后代茗哥也即安迪，竟然成为陈金鼎的后代何晚也即陈香的英国女婿。

如果说第一人称叙述的部分，作家所主要讲述的是历史上曾经的茶人故事，那么，上、中、下三部分中的第二个小部分，也即被明确标明为"故香"（一）（二）（三）的那三个部分，不仅采用了第三人称的叙述方式，而且具体讲述的也是当下（时间为2018年）的茶人故事。需要指出的一点是，"故香"的三部分虽然采用了第三人称的叙述方式，但每一部分却也有相对集中的聚焦点。具体来说，"故香"（一）的聚焦点，是王子衿，或者说以王子衿、王子鸣兄弟为代表的王氏家族，"故香"（二）的聚焦点，是林有福，或者说林氏家族。"故香"（三）的聚焦点，是何晚（陈香），或者说以何晚（陈香）为代表的陈氏家族。之所以一定要强调家族，乃因为王、林和陈这三个家族，都属于世代或制茶或卖茶的茶叶世家。首先，是王家。王家的茶叶生意能够追溯到天祖王之信那里去："那时候，天祖王之信在巴城开起第一家王记茶铺，很快就赚到了钱。赚到钱的第一件事便是回乡娶亲——女方是林家二小姐，小姐的父亲是他原来的老板。"虽然期间也几经跌宕起伏，但到了王子衿、王子鸣他们兄弟这一代的时候,原来的王记茶铺,已经发展壮大成为一个现代化的王记茶业进出口公司。其次,是林家。与王家相比较,历史上林家的茶叶生意更为辉煌耀眼:"太祖把生意做到了俄罗斯、土耳其。""秉全公(也即烈祖)把茶叶卖到了英国、荷兰、葡萄牙。"相对来说,"林有福最崇拜的还是秉全公。虽然远祖开始往武夷山发展,置下18座山头的产业,但他更多靠的是命,靠的是梦中白马的指引。从秉全公开始,林家的茶叶生意从陆路扩展到海路,曾经走出过福建茶界的大半个江湖。林有福读的书不多,但对于秉全公,他总会有一种充满文学意味的想象。秉全公创造了茶界的神话,几十年的生意他一直在高位上行走。在他无数次的想象中,秉全公总是与王家的之信公一起出现,秉全公长着他现在的模样,王家的之信公更多出现的是王子衿年少时的容颜。"但是到了林有福这一代的时候,由于他生性过于聪明,总想着能够投机取巧,没有能够做到对茶叶生意的坚守,所以,呈现出的就是一种不那么理想的时起时伏的状态。第三,是陈家。如果说,林家和王家都以善于经营茶叶生意而著称于世,那么,陈家的特点就是有着出色的制茶手艺。当年的陈金鼎年纪轻轻就可以无师自通地完成制茶工艺,一直到陈暖的父亲,年近七旬的时候,仍然还要坚持到侄子的茶叶公司里去当茶师傅。陈家制茶手艺的长期传承,于此即可见一斑。当然,"故香"(三)这一部分的聚焦点之所以会落到何晚身上，一方面，固然因为她是陈家的后人（她的身世之谜，一直到小说临近终结处方才被彻底揭开），另一方面，则是因为她在遥远的英国经营着一家被命名为 Golden Leaf 的公司，从事着包括茶叶在内的多种国际贸易。某种意义上，我们也可以说何晚或陈香是在以这样的一种方式传承着陈家的祖业。

如果说，钟求是的中篇小说《宇宙里的昆城》的确是一部难得一见的杰作，那么，支撑其思想艺术成功的一个重要因素，毫无疑问就是其中科学因素的强势存在。关键在于，这里的科学还不是一般意义上的科学，而是当下时代的所谓尖端科学。一种不容否认的事实是，在阅读《宇宙里的昆城》的过程中，我们在生成充分审美愉悦的同时，也还能在所谓认识功能的层面上了解一些尖端科学知识，全身心地经受一次尖端科学的洗礼。落实到文本中，尖端科学的具体所指，就是现代物理学领域的所谓"弦理论"以及由此而演变出来的 M 理论。"弦理论认为世间万物均由一根振动的弦组成，无论是最小的基本粒子还是最大的宇宙天体，都得在这根弦的跟前俯首称臣。也就是说，这个理论若能成立，就能弄明白宇宙的起源问题。"弦理论提出后，很快又有五种超弦理论提出，"M 理论让人震惊，是因为它提出了全新的观点，认为之前的五种理论只不过是对一件事的五种看法而已，就像一个人被从五个角度拍了照片。这样，它就把那五种理论串在了一起，独立成了一个大理论。"更进一步说，"现在世界上被发现的力共有四种：电磁力、引力、强力、弱力。爱因斯坦后半生有一个理想，就是想把电磁力和引力合在一起，但没有成功。杨振宁撇开引力，把其他三种力给统一了，所以成为顶尖牛人。现在，威藤的M理论要把四种力都囊括进来，成为大一统的理论。理论太大了，就容易玄，所以这个M的含义是不确定的，可以是magic（魔力）、mystery（神秘），也可以是mother（母亲）或者matrix（矩阵）"。要害处在于，"物理理论想真正站住脚，都是需要实验来证明的。M理论尽管光鲜诱人，却只是在口头上。它设想中的超对称粒子到底有没有呢？如果有，是什么样子呢？刚才提到了，这需要一台强大的对撞机来证明。"对此，作家曾经借小说主人公张午界的角度来加以说明："张午界说，要找到基本粒子，得靠加速器和对撞机联手，也就是在加速器的推动下，用带电粒子进行对撞，产生新的基本粒子，而且这种试验最好排除任何因素的干扰。举个例子说，得在一条很长很长的地下隧道里，两台力大无穷的对撞机飞速地迎头相撞，轰的一声，才可能溅出基本粒子的身影。在那一刹那，大约也是宇宙大爆炸时的一小块景象。"首先必须承认，由于学科严重阻隔的缘故，对现代物理学领域诸如弦理论和M理论这样的尖端理论，我只有在读过钟求是的这部小说之后才有一知半解的了解，但即使如此，也已经是大开眼界。然而，问题的关键在于，正如同文学是一种严重依赖于想象的精神事物一样，科学研究也同样离不开建立在严密逻辑推理基础上的大胆想象。作为文本中一个必不可少科学元素的弦理论以及由此而进一步演变出的M理论，因为缺乏必要巨额资金支撑的缘故，一直到现在为止都仍然被迫停留在理论推演的层面上，无法通过试验的方式证伪或者证实。既如此，那两台力大无穷对撞机强力碰撞后产生基本粒子，以逼真模拟宇宙起源之初的宇宙大爆炸景象，自然也就只能万般无奈地以科学假说的方式存在，未能变成现实。然而，作为作家的钟求是，他个人的文学想象所依凭的却只是自己非同寻常的艺术天赋。如果把《宇宙里的昆城》理解为科学和文学发生强力对撞之后的文学想象，那么，这种对撞所依赖的，便毫无疑问只是钟求是个人出色的艺术天赋。这样一来，面对《宇宙里的昆城》，我们应该考察分析的，就是这种对撞所最终撞击出的，到底是怎么样的一种灿烂艺术火花。

其一，当然是张午界这一具有独特精神内涵的知识分子形象的刻画与塑造。依照一般的规律，如同张午界这样不仅早在1990年代初期就已经有机会到美国深造，而且还是在著名的加州大学伯克利分校获得全额奖学金的留学生，几十年时间过去之后，早已混得风生水起。但张午界的情况却很显然并非如此。这一点，早在"我"也即"钟求是"2002年借助于美国之行见到张午界的时候就已经有所察觉。那一次，张午界留给"我"最难忘的一个印象，就是神情的莫名忧郁："张午界的担忧是，如果美国政府不支持搞对撞机，M理论就会失去证明自己的机会。从小的说，这会导致M理论在物理界站立不稳，并带来该专业经费资助的减少，容易让他的教职脱手而去；往大里说，人类能捕捉到宇宙诞生的细节，那该多好呀，张午界作为往这一方向用力的物理学者，显然有些心急。"正因为如此，所以，"那次拜访他家，在我脑子里留下的一个重要印象就是他隐隐忧郁的神情"。到后来，我们才能够搞明白，内心一直保持着难能可贵的干净与好奇的张午界，之所以会显得"隐隐忧郁"，主要原因在于，他在付出背叛师门的惨重代价后所从事的M理论研究，因其过于虚无缥缈的缘故，不仅难以获得包括美国、欧洲乃至中国在内的诸多国家必要的资金支持，而且还严重地影响到了他个人的就业与生存。一个来自中国大陆的高才生，一个在自己的专业领域绝对有可能引领风骚的物理学研究者，到最后竟然因为事业追求而陷入被迫四处漂泊流浪的地步，绝对是令人不可思议的一件事情。既如此，那张午界严重的精神焦虑因此而生成，就是顺理成章的一个结果。用张午界自己的话来说，如此一种精神焦虑，到后来竟然导致了非常严重的一种后果："我的担心一点点积攒，攒成了焦虑。焦虑又一点点积攒，攒成了失眠。"失眠到何种严重地步呢？"到了夜里，脑子明明是昏沉的，但一碰到枕头立即就会变得清醒。那种清醒是冷的，似乎脑袋里有条缝，冬天的空气不断漏进来。更具体一点儿，在黑夜中，我的脑子有时候空白得像一张纸，有时候又塞满了各种粒子、参数、星团和长长的隧道，混乱无序又控制不住。"从根本上说，正是为了克制严重失眠的困扰，现代物理学家张午界才最终演变成一位马拉松长跑运动的爱好者。依照张午界本人事后的追述，他之所以会对物理学产生根本就不可遏制的浓烈兴趣，不仅与他上中学时优异的物理成绩有关，而且更与他们那所中学所特有的一堵地图墙紧密相关。面对着那堵地图墙，张午界情不自禁地产生了以昆城为出发点的神奇联想："好多次我站在地图跟前琢磨着昆城，昆城在温州地图上是明显的县城，在浙江地图上只是一个小点，在中国地图上就消失了。而在世界地图上，我要靠想象才能确定昆城的存在。后来我就傻傻地想，要是有一张太阳系地图，进而有一张银河系地图，那么昆城在上面是怎样的存在。"与此同时，张午界产生的另外一种感觉竟然带有突出的哲思意味："问题是，遥远的星球如何看待昆城？对它们来说，昆城存不存在有意义吗？"更严重的问题显然是，如果连同昆城的存在都成为问题，那如同张午界、"钟求是"这样的昆城儿女呢？但是，且慢，就在我们要因此而认定人生虚无的时候，张午界却又反过来给出了极有意义的另外一种思考："又有一天呀，我换了思考方向，从大的维度转到小的角度，心想如果人类是一轮缝隙般的文明，那么一个人的生命长度更属于无须计量的小单位。在这样小单位的时间里，我把目光投向地球之外，去捕捉宇宙里的许多东西，这种以小博大，本身是否就具备了意义呢？"如果说，对地图无意间的比较，促使张午界最早对天体物理学产生了终身不渝的强烈兴趣，那么，也正是如此一种以小博大的宇宙探索兴趣，促使张午界不管不顾地即使不惜付出抛妻别子的惨重代价，也要将自己的研究探索兴趣坚持到底。具体来说，张午界如此一种执着坚持的结果，就是他在年届五十六岁时带有某种冒天下之大不韪意味的自我冷冻艰难决定的做出："一年前，我与美国南部的一家生命延续研究所签约，同意将本人的完整身体交给该研究所主持的人体冷冻项目，时间自今年十月起始，保存期五十年。"之所以一定要如此这般决绝，张午界给出了相应的理由："我没有选择在更大的岁数进入'冬眠'，是因为希望在将来解冻之时能够复活较好的思考力，继续参与和见证时空物理的前沿研究。这是我敢于冒险的唯一目标。""我渴望在五十年后醒转之时，能够见到超强对撞机产生的膨胀能量团，灵魂似的粒子组成了宇宙大爆炸的瞬间景观。"关键的问题在于,张午界如此一种巨大牺牲所带来的,并不一定是宇宙大爆炸景观的如愿呈现。对此,作为旁观者的"我"也即"钟求是"真正可谓有着真切的洞察与省思:"还有一点,我不懂天文也不懂物理,但以小说家的思维进行质疑,要是宇宙大爆炸的理论错了呢?""那么再过几十年呢,会不会有新的发现证明大爆炸学说也有误?如果这样,午界的坚持算不算是一种虚无?"一方面,张午界所选择的自我冷冻存在着失败的危险,五十年之后,他未必能够真的如愿苏醒;另一方面,即使他万幸能够在五十年后如期苏醒,却也面临着宇宙大爆炸学说被证明为虚无的可能。面对如此一种情况,张午界依然能够义无反顾地不惜放弃亲情也要坚持自我冷冻,充分体现出的,正是一种宁愿付出生命的代价,也不放弃科学真理追求的自我牺牲精神。我们注意到,在张午界自我冷冻之后,他已经离异的妻子徐从岚曾经和"我"也即"钟求是"在一起各自表达过对张午界的理解与认识。把他看作是堂·吉诃德的徐从岚:"他举着长矛,不顾一切地向着自己的梦想奔去,甩掉了周围很多的人。但这种行为落在别人眼中,也许只是一个笑话。说得正式一些,他望向天空执着了许多年,也许恰恰是被人类正常生活所淘汰的过程。"当徐从岚把张午界比作日益远离人类正常生活的堂·吉诃德时,她的话语里其实潜藏有隐隐约约的抱怨与不满。

而"我"也即"钟求是",则从好奇的角度给出了更多的理解:"我好奇的是人,他好奇的是宇宙,而人只是宇宙中小小的存在。如果这句话不妥,也可以这么说,虽然人在宇宙中的存在也是个奇迹,但他还想去发现更大的奇迹。真的不能否认,这是一个勇敢的事。"在谈不上任何功利性回报的情况下,仅仅只是因为对宇宙起源问题的强烈好奇,现代物理学家张午界竟然不惜冒着再也醒不来的生命危险,以及宇宙大爆炸假说被证伪的可能,也要态度坚决地自我冷冻,在说明其精神纯粹的同时,也更证明他有着行动力的绝大勇毅。

其次,钟求是对多种艺术手法的精妙征用。一个,是对第一人称叙述者"我"也即"钟求是"的特别设定。文本中与"我"也即"钟求是"紧密相关的信息主要有以下两个方面。其一是:"初秋的时候,我去了北京,张午界则前往合肥,他读的是五年制的中国科技大学物理系。对了,那年我十六岁,张午界十七岁。"从"我"和张午界上大学的 1980 年这个时间点推算一下,"我"的出生年份应该是 1964 年。而作家钟求是,也恰好出生于 1964 年。其二是:"我也从温州来到杭州办一份文学杂志,整天想的都是稿子的事。"而作家钟求是,恰好也有过离开温州,到杭州主编大型文学刊物《江南》的真实履历。但即使如此,我们也不能轻易地指认这位第一人称叙述者"我"也即"钟求是"就是现实生活中的作家钟求是。如果严格恪守叙述学理论，我们只能把这位与作家同名的叙述者称之为"钟求是"。尽管说作家钟求是非常成功地借助这种设定方式明显增强了《宇宙里的昆城》的非虚构色彩，让读者相信现实生活中的确存在着张午界这样一位科学界的奇人。再一个，是对多种文体形式的刻意设定。虽然只是一部篇幅不大的中篇小说，但作家却征用了包括邮件（指"我"也即"钟求是"与徐从岚曾经一度的邮件往还）、访谈（指"我"也即"钟求是"先后在上海对张午界，在昆城对徐从岚所进行的两次访谈）、闲聊（指"我"也即"钟求是"和张午界在西湖边的那次闲聊）、信件（指张午界决定自我冷冻后专门写给亲友的那封信），以及新闻报道（指美国《科技先锋报》对张午界自我冷冻事件的及时报道）等文体形式。还有一个，则是故事情节的三度反转。最早是在1990年，张午界和徐从岚他们俩不仅在昆城举办婚礼，而且还各自写了一段密语，埋在一棵老桂树下，相约五十年后才能打开。那个时候的张午界，一时踌躇满志，准备在赴美留学后开创一番事业："从张午界收敛的口气中，我能捕捉到他的踌躇满志，毕竟他去的是著名的加州大学伯克利分校，又是全额奖学金。更重要的是，我能感觉到他有一股在专业上奔跑的欲望，也就是当年在山上要计算天上星星的那股劲儿。"想不到的是，等到"我"也即"钟求是"2002年在美国见到张午界的时候，他没有成为成功人士也罢，关键处在于，最深刻的印象，竟然是一种"隐隐忧郁的神情"。这算是故事情节的第一次反转。第二次反转，则发生在"我"也即"钟求是"到杭州办杂志的时候，他从张午界那里获得的，竟然是老同学离婚的消息。没有在美国过上幸福的生活倒也还罢了，到后来竟然闹到分手的地步，如此一种情形，不是反转又是什么？！但相比较而言，更出人意料之外的，却是此后不久的第三次反转。原以为张午界2019年的那次杭州之行，是"我"也即"钟求是"力邀的结果，没想到，仅仅是到了这一年秋天，就从美国传来了张午界自我冷冻的消息。一个看似前程无量的天才物理学家，为了事业的追求，竟然不惜冒险也要自我冷冻，当然称得上是故事情节的一种绝大反转。

就这样，因为有了对以上诸种艺术手法的精妙征用，有了张午界这一纯粹而勇毅的知识分子形象的成功刻画塑造，作家钟求是凭借自己天才的艺术想象力所构想出的这一次科学与文学的强力对撞，所最终撞击出的中篇杰作《宇宙里的昆城》，无论如何都应该获得我们的高度评价。

阅读陶丽群中篇小说《已然逝去》的过程中，笔者自始至终都被某种特别压抑的气氛所笼罩，不仅难于呼吸，而且几近窒息。虽然只是一部篇幅三万多字的中篇小说，但作家却最起码设定了三条结构线索。

第一条结构线索,主要围绕身兼第一人称叙述者的"我"展开。后来成为某地方高校普通教师的"我",曾经经历过一段难忘的给班主任老师送东西的中学时光。班主任老师名叫张道然,教学之余的唯一爱好就是特别热衷于在那座澄碧湖水库边钓鱼。一次偶然的机会,"我"被学委委派前往澄碧湖水库边给班主任送一盒烟,没想到却因此而品尝到了火烤罗非鱼的美味。自此之后,在周末给似乎总是在钓鱼的班主任送各种各样"忘记带"的东西,便成为"我"的日常功课:"班主任也常常在周末托人从水库边给我带回口信,让我给他带去各种各样'忘记带'的东西。我理解他的好意,或许他也理解我的理解,而我们都心照不宣。"但其实,"我"之所以周末时总是不愿意回家,与家庭状况的不堪紧密相关:"我有一对很不安分的父母,各自的情感生活丰富多彩,这在农村实在是相当荒唐的一件事情。他们像生活得轻松而时髦的城里人一样追求各自的'真爱',我妈有一个相好,我爸也有,奇怪的是他们却不肯离婚,好的时候像一对恩爱夫妻,家庭矛盾爆发便各自从家里失踪了。"这一方面的一个极端例证,就是"我"小学四年级的时候,母亲竟然"失踪"干脆长达一个学期之久。如此一个四分五裂的家庭,对如同"我"这样正处于成长关键阶段的孩子来说意味着什么,其实是不言而喻的事情。因其代表着"破碎、不忠、不负责",所以便成为"我"

所本能抗拒的东西,尽管说"我"实际上唯一能做到的也只不过是尽可能地"拉开彼此之间的物理距离"。唯其如此,我们也才能够明白班主任之所以总是要在周末时刻意安排"我"给他送东西的苦心所在。原来,善解人意的他,其实是要借助如此一种方式看似不动声色地给予"我"并非不必要的精神抚慰。对此,成年后的"我"有着真正可谓特别清醒的认识:"那些在外头的日子,遭遇了太多的失望和挫折,唯一能给我带来慰藉的,便是那段在临水中学度过的时光,它像一抹温火,始终在我感觉最为黑暗的时刻,隐隐地在心底散发光亮与暖意。"无论如何,成长关键阶段所遭遇的那个不堪的家庭,却还是在"我"的人性深处留下了难以被轻易抚平的精神暗伤。从根本上说,正是因为有如此一种精神暗伤在不断地发酵,"我"才一直不敢轻易地触碰婚恋问题。但在另一方面,也正因为在中学时曾经遇到过班主任张道然那样一个特别善解人意的好老师,所以"我"也时在感念之中,总是难以忘怀:"我不知道我的班主任是否明了他有意或无意间给予的善解人意的关爱,对一个孤独的学生来说意味着什么。我没有任何机会向我的班主任表达谢意,也不知如何表达,有些恩情,是没法用唇舌表达的。"然而,尽管"我"一直心存感恩并希望有所报答,但因为班主任心脏病突发而不幸过早离世,"我"便永远地失去了这样的机会。诚所谓"子欲养而亲不待"是也。

第二条结构线索，集中围绕毛大豆和他的中学老师李清玫展开。首先，是李清玫老师的枯寂人生。因为只不过是一名工资待遇低微（"代课教师的工资极低，据说只有一百八十多块钱"）的代课教师，所以很早就被临水中学给辞退了。迫于生计的缘故，被清退后的李清玫，只好自谋生路，在市区外开了一个废旧回收站。机缘巧合的一点是，也正是这个回收站的存在，为他和学生毛大豆日后的重逢创造了可能。借助毛大豆事后的回忆，那就是："我在广东拼了十几年，最后赔光了，婚也离了，真正的妻离子散。回到这边，父母跟随弟弟住，我哪有脸回去住，正好碰见李老师，他当时已经被学校清退了，在市区外，就是金三角往东笋去的路上开了一个很小的废旧回收站。我在他的棚子里住了三年，才慢慢缓过气来。"虽然只是看似轻描淡写的事后叙述，但我们却完全可以想象得到，毛大豆那千疮百孔的精神暗伤，在那三年中是怎样从李清玫老师那里获得及时疗治的。好在毛大豆是一个懂得感恩的好学生，等到他自己后来走出人生困境，成为装修店老板，可以坐拥奥迪轿车的时候，他不仅没有遗忘老师的援手之情，依照老师的心愿，把老师颇为妥帖地安置在了曾经的临水中学校园里，而且还总是时隔不久就要来陪伴一下孤独一人的李清玫老师。

第三条结构线索，所聚焦的人物形象，则是那个名叫张宝凌的大学生。"张宝凌是学院分配给我联系的'问题'学生。所谓'问题'学生，是指那些考试挂科，补考后依然达不到学分要求、有可能影响毕业的学生，或者成绩特别差、性格又不合群且有些心理障碍的学生，诸如此类等等。"尽管作品做出更进一步的相关交代，但"我"之所以会接受学院分配的这个"问题"学生，并且竭尽所能地试图通过自己的努力使张宝凌的心理能够更健康一些，肯定与"我"曾经的精神暗伤紧密相关。正所谓感同身受，正因为自己有过不堪的心理经历，所以"我"才希望张宝凌能够早日远离那些生活中的糟糕与不堪，才总是情不自禁地对张宝凌暗生关怀之情："好几次我想到张宝凌，那双黑白分明的眼睛让我心底隐隐生出一种疼，那确实是疼。"事实上，也正如你已经感知到的，张宝凌也是一位有着精神暗伤的人物形象。具体来说，张宝凌的精神暗伤，与"我"的相类似，也与家庭生活的不幸紧密相关。这一点，在"我"和他父母通电话的过程中表现得非常突出。他的爸爸，在强调自己没时间管这个"孬种"的同时，说自己已经离婚了。但他的妈妈却在电话里，一边破口大骂，一边强调"老娘不离，拖死你们这些狗男女"。别的且不说，仅此一端，我们即不难判断张宝凌为什么会成为一名心理障碍严重的"问题"学生。然而，不管怎么说都令人难以置信的一点是，面对着如此这般想方设法帮助着自己的老师，张宝凌到最后竟然会不知感恩地恩将仇报（其实，对张宝凌的恩将仇报，拥有丰富人生阅历的毛大豆早就有所察觉。这一方面的细节有二。一是他曾经提醒"我"注意远离张宝凌："'那个，'毛大豆说，朝操场那边一望，'你要听我的，你这个学生，最好不要和他走得太近。'"再一个就是："毛大豆拍了拍张宝凌的肩膀，说，年轻人，你碰到一位好老师，你要知道感恩，人不知道感恩就跟个畜生没什么区别了。"）。到最后，毛大豆的预言果然应验。任是谁也很难想象得到，就是这位一直被"我"关怀呵护着的张宝凌，竟然会下手偷盗了"我"那辆心爱的摩托车。虽然"我"出于怜悯之心而放过了他这一马，但却决定从此彻底远离这个"问题"学生："'他将来在哪里毁掉都成，我看不见，眼不见为净，但不能毁在我眼前。'我说，心底有一股尖锐的疼痛蔓延而出。"仔细想来，借助张宝凌的偷盗行为，作家在对比性地书写深化感恩与辜负这一命题的同时，也更是写出了这个"问题"学生的精神暗伤之难以疗愈。

无论如何，在一部篇幅只有三万多字的中篇小说中，陶丽群能够把以上三条结构线索近乎天衣无缝地巧妙编织到一起，极其成功地营造出一种压抑异常的生命存在气氛，在书写精神暗伤的同时，也传达出对日常生活中感恩与辜负这一命题的个性化理解与认识，自然应该得到我们充分的关注与认可。